dtv

›Die Verse des Kapitäns‹, ›Zwanzig Liebesgedichte‹ und ›Der rasende Schleuderer‹ sind die drei wichtigsten Liebesgedichtzyklen im Werk Pablo Nerudas. Sie werden hier in einer vollständigen zweisprachigen Ausgabe vorgelegt. »Ich händige also dieses Buch ohne weitere Erklärung aus, als wäre es von mir und doch nicht von mir: Es genügt, daß es allein durch die Welt gehen und selbständig wachsen kann. Jetzt, da ich es anerkenne, hoffe ich, daß sein furioses Blut auch mich wiedererkennt.« (Pablo Neruda)

Pablo Neruda wurde am 12. Juli 1904 als Sohn eines Eisenbahners in Parral geboren und starb am 23. September 1973 in Santiago de Chile. 1921 Beginn des Studiums in Santiago de Chile, seit 1923 regelmäßige Veröffentlichungen von Gedichten, 1927–32 chilenischer Honorarkonsul im Fernen Osten, 1935 Konsul in Madrid, 1937 Rückkehr nach Chile, 1949–52 Emigration und zahlreiche Reisen u.a. auf dem amerikanischen Kontinent. 1969 wird Neruda zum Präsidentschaftskandidaten der KP aufgestellt. Er verzichtet zugunsten von Salvador Allende. 1971 Nobelpreis für Literatur. Pablo Neruda überlebte den gewaltsamen Sturz Allendes in Chile 1973 nur um zwölf Tage.

Pablo Neruda

Liebesgedichte

Spanisch – deutsch

Deutsch von Fritz Vogelgsang

Deutscher Taschenbuch Verlag

Von Pablo Neruda
sind im Deutschen Taschenbuch Verlag erschienen:
Aufenthalt auf Erden (11815)
Der Große Gesang (11816)
Letzte Gedichte (11818)
Ich bekenne, ich habe gelebt (11819)

Ungekürzte Ausgabe
September 1993
9. Auflage September 1999
Deutscher Taschenbuch Verlag GmbH & Co. KG,
München

Titel der spanischen Originalausgaben:
›Los versos del capitán‹ (1952)
›20 Poemas de amor y una canción desesperada‹ (1924)
›El hondero entusiasta‹ (1933)

Umschlagkonzept: Balk & Brumshagen
Umschlagbild: Ausschnitt des Gemäldes ›Südlicher Garten‹ (1912)
von August Macke
Satz: IBV Satz- und Datentechnik, Berlin
Druck und Bindung: C. H. Beck'sche Buchdruckerei,
Nördlingen
Gedruckt auf säurefreiem, chlorfrei gebleichtem Papier
Printed in Germany · ISBN 3-423-11817-2

Los versos del capitán
Die Verse des Kapitäns
1952

20 Poemas de amor
y una canción desesperada
20 Liebesgedichte
und ein Lied der Verzweiflung
1924

El hondero entusiasta
Der rasende Schleuderer
1933

Los versos del capitán
Die Verse des Kapitäns

1952

Erklärung

Über die Anonymität dieses Buches ist viel diskutiert worden. Worüber ich indessen mit mir selber diskutierte, das war die Frage, ob ich es der Intimität seines Ursprungs entreißen sollte oder nicht: seine Abstammung enthüllen hieß – die Heimlichkeit seiner Geburt entblößen. Und mir kam es vor, als wäre ein solches Verhalten etwas wie Verrat an den Ekstasen der Liebe und Wut, an der trostlosen und sengenden Atmosphäre der Verbannung, in der es entstand.

Andererseits denke ich, daß alle Bücher anonym sein sollten. Doch bei der Erwägung, ob ich allen, die von mir stammen, meinen Namen entziehen oder ihn dem einen, geheimnisvollsten geben sollte, habe ich schließlich nachgegeben, wenn auch nicht eben gern.

Doch warum hat es sein Geheimnis so lange gewahrt? Wegen nichts und wegen allem, wegen sehr Naheliegendem und recht Weitreichendem, wegen unangebrachter Freude, wegen fremdem Leiden. Als Paolo Ricci, der strahlende Gefährte, es zum ersten Mal 1952 in Neapel druckte, dachten wir, daß die paar Exemplare, die er betreute und vorzüglich ausstattete, verschwinden würden, ohne Spuren zu hinterlassen im Sand des Südens.

Es kam anders. Und das Leben, das einst seine heimliche Explosion forderte, trägt es heute mir auf als Gegenwart der unerschütterlichen Liebe.

Ich händige also dieses Buch ohne weitere Erklärung aus, als wäre es von mir und doch nicht von mir: Es genügt, daß es allein durch die Welt gehen und selbständig wachsen kann. Jetzt, da ich es anerkenne, hoffe ich, daß sein furioses Blut auch mich wiedererkennt.

Pablo Neruda
Isla Negra, November 1963

Vorwort

Zur ersten, anonymen Ausgabe von 1952

Sehr geehrter Herr! Ich erlaube mir, Ihnen diese Papiere zu schicken, die Sie vermutlich interessieren werden und die ich bisher nicht an die Öffentlichkeit geben konnte. Ich besitze alle Originale dieser Verse. Sie sind an den verschiedensten Orten geschrieben worden, in Zügen, Flugzeugen, Cafés, auf seltsame Zettel, fast ohne Korrekturen... Viele dieser Papiere sind, weil sie zerknittert und zerstückelt ankamen, fast unleserlich, aber ich glaube, daß es mir gelungen ist, sie zu entziffern.

Meine Person ist nicht von Bedeutung, aber ich bin die Protagonistin dieses Buches, und dies macht, daß ich stolz bin und zufrieden mit meinem Leben.

Diese Liebe, diese große Liebe begann im August eines beliebigen Jahres, auf einer der Tourneen, die ich als Künstlerin durch die Ortschaften an der französisch-spanischen Grenze machte.

Er kam aus dem Krieg in Spanien. Er kam nicht als Besiegter. Er gehörte zur Partei der Pasionaria, er war voller Illusionen und Hoffnungen für sein kleines und fernes Land, in Mittelamerika.

Leider kann ich Ihnen seinen Namen nicht nennen. Niemals habe ich erfahren, welcher der richtige war, ob Martínez, Ramírez oder Sánchez. Ich nenne ihn einfach meinen Kapitän, und das ist der Name, den ich in diesem Buch bewahren möchte.

Seine Verse sind wie er selbst: sanft, liebevoll, leidenschaftlich und schrecklich im Zorn. Er war stark, und seine Stärke fühlten alle, die ihm nahekamen. Er war ein privilegierter Mann, einer von denen, die für eine große Bestimmung geboren werden. Ich fühlte seine Stärke, und meine größte Lust war, mich klein zu fühlen an seiner Seite.

Er drang in mein Leben ein, wie er's in einem der Verse sagt: er schlug die Tür ein. Er klopfte nicht an mit der Schüchternheit des Verliebten. Vom ersten Augenblick an fühlte er sich als Herr über meinen Körper und meine Seele. Er ließ mich fühlen, daß er alles in meinem Leben veränderte; mein kleines Künstlerleben aus Bequemlichkeit, Weichheit wandelte sich, wie alles, was er berührte.

Er kannte keine kleinen Gefühle und akzeptierte sie auch nicht. Er gab mir seine Liebe, mit all der Leidenschaft, die er zu fühlen fähig war, und ich liebte, wie ich niemals lieben zu können glaubte. Ich trat in eine Welt ein, von deren Existenz ich zuvor keine Ahnung hatte. Zuerst hatte ich Angst, es gab Augenblicke des Zweifels, doch die Liebe ließ mich nicht lange schwanken.

Diese Liebe brachte mir alles. Die sanfte und schlichte Zärtlichkeit, wenn er eine Blume suchte, ein Spielzeug, einen Flußkiesel und das Gefundene mir reichte mit seinen Augen, feucht, voll unendlicher Zärtlichkeit. Seine großen Hände waren in diesem Moment von einer sanften Weichheit, und in seinen Augen zeigte sich eine Kinderseele.

Aber es gab in mir eine Vergangenheit, die er nicht kannte, und es gab Anfälle von Eifersucht und Wut. Sie waren wie rasende Sturmgewitter, die seine Seele peitschten und die meine, aber sie hatten niemals die Kraft, die Kette zu zerreißen, die uns einte, die unsere Liebe war, und aus jedem Unwetter gingen wir einiger hervor, stärker, selbstgewisser. In all diesen Momenten schrieb er diese Verse, die mich in den Himmel emporhoben oder mitten in die Hölle stürzten, mit der Roheit seiner Worte, die mich brannten wie glühende Kohlen.

Er konnte nicht anders lieben. Diese Verse sind die Geschichte unserer Liebe, groß in all ihren Erscheinungsformen. Sie hatten dieselbe Leidenschaft, mit der er sich seinen Schlachten zuwandte, seinen Kämpfen gegen die Ungerechtigkeiten. Ihn schmerzte das Leiden und das Elend, nicht nur seines Volkes, sondern aller Völker; alle Kämpfe, die dagegen geführt wurden, waren seine Kämpfe, und er setzte sich ein, mit ganzer Person, mit all seiner Leidenschaft.

Ich habe sehr wenig mit Literatur zu tun und kann nicht über den Wert dieser Verse sprechen, abgesehen vom menschlichen Wert, den sie unbestreitbar haben. Vielleicht dachte der Kapitän niemals daran, daß diese Verse veröffentlicht würden, doch jetzt glaube ich, daß es meine Pflicht ist, sie ans Licht der Welt zu bringen.

Hochachtungsvoll
Rosario de la Cerda
Havanna, 3. Oktober 1951

El amor

En ti la tierra

Pequeña
rosa,
rosa pequeña,
a veces,
diminuta y desnuda,
parece
que en una mano mía
cabes,
que así voy a cerrarte
y llevarte a mi boca,
pero
de pronto
mis pies tocan tus pies y mi boca tus labios,
has crecido,
suben tus hombros como dos colinas,
tus pechos se pasean por mi pecho,
mi brazo alcanza apenas a rodear la delgada
línea de luna nueva que tiene tu cintura:
en el amor como agua de mar te has desatado:
mido apenas los ojos más extensos del cielo
y me inclino a tu boca para besar la tierra.

Die Liebe

In dir die Erde

Kleine
Rose,
Rose du, kleine,
manchmal
winzig und nackt,
als hättest du
Platz
in meiner einen Hand,
als schlösse ich dich drin ein
und führte dich zu meinem Mund,
aber plötzlich
berühren meine Füße die deinen,
und mein Mund berührt deine Lippen,
gewachsen bist du,
deine Schultern heben sich wie zwei Hügel,
deine Brüste schlendern über meine Brust,
mein Arm kann kaum die schlanke
Neumondlinie deiner Taille umfassen:
in der Liebe, wie Meerwasser brandend, brichst du aus:
kaum noch ermessen kann ich die gewaltigsten Augen des
Himmels
und neige mich zu deinem Mund, die Erde zu küssen.

La reina

Yo te he nombrado reina.
Hay más altas que tú, más altas.
Hay más puras que tú, más puras.
Hay más bellas que tú, hay más bellas.

Pero tú eres la reina.

Cuando vas por las calles
nadie te reconoce.
Nadie ve tu corona de cristal, nadie mira
la alfombra de oro rojo
que pisas donde pasas,
la alfombra que no existe.

Y cuando asomas
suenan todos los ríos
en mi cuerpo, sacuden
el cielo las campanas,
y un himno llena el mundo.

Sólo tú y yo,
sólo tú y yo, amor mío,
lo escuchamos.

El alfarero

Todo tu cuerpo tiene
copa o dulzura destinada a mí.

Cuando subo la mano
encuentro en cada sitio una paloma

Die Königin

Ich hab dich zur Königin ernannt.
Größere gibt es, größer als du.
Reinere gibt es, reiner als du.
Schönere gibt es, schöner als du.

Doch du bist die Königin.

Wenn du durch die Straßen gehst,
erkennt dich keiner.
Niemand sieht deine Krone aus Kristall, niemand schaut
den Teppich aus rotem Gold,
den jeder Schritt von dir betritt,
den Teppich, der gar nicht da ist.

Und wenn du erscheinst,
rauschen alle Flüsse
in meinem Körper auf, rütteln
die Glocken am Himmel,
und ein Hymnus erfüllt die Welt.

Nur du und ich,
nur du und ich, meine Liebe,
hören ihn tönen.

Der Töpfer

Dein ganzer Körper
hat Becher oder Süße, einzig für mich.

Hebe ich die Hand,
finde ich überall eine Taube,

que me buscaba, como
si te hubieran, amor, hecho de arcilla
para mis propias manos de alfarero.

Tus rodillas, tus senos,
tu cintura
faltan en mí como en el hueco
de una tierra sedienta
de la que desprendieron
una forma,
y juntos
somos completos como un solo río,
como una sola arena.

8 de septiembre

Hoy, este día fue una copa plena,
hoy, este día fue la inmensa ola,
hoy, fue toda la tierra.

Hoy el mar tempestuoso
nos levantó en un beso
tan alto que temblamos
a la luz de un relámpago
y, atados, descendimos
a sumergirnos sin desenlazarnos.

Hoy nuestros cuerpos se hicieron extensos,
crecieron hasta el límite del mundo
y rodaron fundiéndose
en una sola gota
de cera o meteoro.

die mich gesucht hat, als hätte man dich,
Liebe, eigens aus Lehm gemacht
für meine Töpferhände.

Deine Knie, deine Brüste,
deine Hüften
mangeln mir, wie einer Höhlung
in dürstender Erde,
aus der man einst
eine Form gelöst,
und zusammen
sind wir vollkommen wie ein einziger Fluß,
wie ein einziger Strand.

8. September

Der heutige Tag war ein voller Becher,
der heutige Tag war die gewaltige Welle,
heute, das war die ganze Erde.

Heute hob das stürmische Meer
in einem Kuß uns so hoch,
daß wir erzitterten
im Licht eines Blitzes
und aneinandergefesselt abwärts schossen,
um unterzugehn, ohne uns loszulassen.

Heute dehnten sich unsere Körper aus,
wuchsen bis an die Grenzen der Welt
und rollten, verschmelzend, fort
in einem einzigen Tropfen
Wachs, einem einzigen Meteor.

Entre tú y yo se abrió una nueva puerta
y alguien, sin rostro aún,
allí nos esperaba.

Tus pies

Cuando no puedo mirar tu cara
miro tus pies.

Tus pies de hueso arqueado,
tus pequeños pies duros.

Yo sé que te sostienen,
y que tu dulce peso
sobre ellos se levanta.

Tu cintura y tus pechos,
la duplicada púrpura
de tus pezones,
la caja de tus ojos
que recién han volado,
tu ancha boca de fruta,
tu cabellera roja,
pequeña torre mia.

Pero no amo tus pies
sino porque anduvieron
sobre la tierra y sobre
el viento y sobre el agua,
hasta que me encontraron.

Zwischen Du und Ich ging eine Türe auf,
und jemand, noch ohne Gesicht,
stand da und erwartete uns.

Deine Füße

Wenn ich dein Gesicht nicht betrachten kann,
so betrachte ich deine Füße.

Deine Füße aus gewölbtem Knochen,
deine kleinen, festen Füße.

Ich weiß, daß sie dich tragen,
und daß dein liebliches Gewicht
auf ihnen sich erhebt.

Deine Taille und deine Brüste,
der zwiefache Purpur
deiner Kuppen,
der Taubenschlag deiner Augen,
die eben noch flogen,
dein breiter Fruchtmund,
deine rote Mähne,
mein kleiner Turm du.

Aber ich liebe deine Füße
nur deshalb, deshalb allein,
weil sie über die Erde gewandert sind,
über das Wasser, den Wind,
bis sie zu mir gefunden.

Tus manos

Cuando tus manos salen,
amor, hacia las mías,
qué me traen volando?
Por qué se detuvieron
en mi boca, de pronto,
por qué las reconozco
como si entonces, antes,
las hubiera tocado,
como si antes de ser
hubieran recorrido
mi frente, mi cintura?

Su suavidad venía
volando sobre el tiempo,
sobre el mar, sobre el humo,
sobre la primavera,
y cuando tú pusiste
tus manos en mi pecho,
reconocí esas alas
de paloma dorada,
reconocí esa greda
y ese color de trigo.

Los años de mi vida
yo caminé buscándolas.
Subí las escaleras,
crucé los arrecifes,
me llevaron los trenes,
las aguas me trajeron,
y en la piel de las uvas
me pareció tocarte.
La madera de pronto
me trajo tu contacto,
la almendra me anunciaba
tu suavidad secreta,

Deine Hände

Wenn deine Hände, Liebe,
meinen entgegenkommen,
was bringen sie mir, fliegend?
Warum hielten sie plötzlich
inne auf meinem Mund?
Wie erkenne ich sie,
als hätte ich sie damals,
früher schon mal berührt,
und als wären sie früher,
ehe sie selber waren,
mir schon über die Stirne,
über die Hüfte gestreift?

Ihre Sanftheit kam her,
fliegend über die Zeit,
über das Meer, den Rauch,
über den Frühling flügelnd,
und als du deine Hände
mir auf die Brust gelegt,
erkannte ich die Flügel
der goldfiedrigen Taube,
erkannte ich die Kreide
und die Farbe von Weizen.

Mein ganzes Leben habe
ich nach ihnen gesucht.
Treppen stieg ich empor,
ging über Pflasterstraßen,
Züge trugen mich fort,
Wasser brachten mich her,
und auf der Haut der Trauben
meinte ich dich zu fühlen.
Das Holz gab unversehens
mir Berührung mit dir,
und die Mandel verhieß mir
deine heimliche Sanftheit,

hasta que se cerraron
tus manos en mi pecho
y allí como dos alas
terminaron su viaje.

Tu risa

Quítame el pan, si quieres,
quítame el aire, pero
no me quites tu risa.

No me quites la rosa,
la lanza que desgranas,
el agua que de pronto
estalla en tu alegría,
la repentina ola
de planta que te nace.

Mi lucha es dura y vuelvo
con los ojos cansados
a veces de haber visto
la tierra que no cambia,
pero al entrar tu risa
sube al cielo buscándome
y abre para mí todas
las puertas de la vida.

Amor mío, en la hora
más oscura desgrana
tu risa, y si de pronto
ves que mi sangre mancha
las piedras de la calle,
ríe, porque tu risa

bis deine Hände sich
schlossen auf meiner Brust,
um hier nun wie zwei Flügel
zu beenden die Reise.

Dein Lachen

Nimm mir das Brot weg, wenn du
es willst, nimm mir die Luft weg,
aber laß mir dein Lachen.

Laß mir die Rosenblüte,
den Spritzstrahl, den du versprühst,
dieses Wasser, das plötzlich
aufschießt in deiner Freude,
die jähe Pflanzenwoge,
in der du selbst zur Welt kommst.

Mein Kampf ist hart, und manchmal
komme ich heim mit müden
Augen, weil ich die Welt
gesehn, die sich nicht ändert,
doch kaum trete ich ein,
steigt dein Lachen zum Himmel,
sucht nach mir und erschließt mir
alle Türen des Lebens.

Meine Liebe, auch in der
dunkelsten Stunde laß dein
Lachen aufsprühn, und siehst du
plötzlich mein Blut als Pfütze
auf den Steinen der Straße,
so lache, denn dein Lachen

será para mis manos
como una espada fresca.

Junto al mar en otoño,
tu risa debe alzar
su cascada de espuma,
y en primavera, amor,
quiero tu risa como
la flor que yo esperaba,
la flor azul, la rosa
de mi patria sonora.

Ríete de la noche,
del día, de la luna,
ríete de las calles
torcidas de la isla,
ríete de este torpe
muchacho que te quiere,
pero cuando yo abro
los ojos y los cierro,
cuando mis pasos van,
cuando vuelven mis pasos,
niégame el pan, el aire,
la luz, la primavera,
pero tu risa nunca
porque me moriría.

wird meinen Händen wie ein
frisch erglänzendes Schwert sein.

Und am herbstlichen Meer
soll deines Lachens Sturzflut
gischtend himmelwärts steigen,
und im Frühling, du Liebe,
wünsche ich mir dein Lachen
als Blüte, lang erwartet,
blaue Blume, die Rose
meines klingenden Landes.

Lache über die Nacht,
über den Tag, den Mond,
lache über die krummen
Gassen unserer Insel,
lache über den Burschen,
den Tolpatsch, der dich liebt,
aber wenn ich die Augen
öffne, wenn ich sie schließe,
wenn meine Schritte fortgehn,
wenn sie dann wiederkommen,
nimm mir das Brot, die Luft,
nimm mir das Licht, den Frühling,
aber niemals dein Lachen,
denn sonst würde ich sterben.

El inconstante

Los ojos se me fueron
detrás de una morena
que pasó.

Era de nácar negro,
era de uvas moradas,
y me azotó la sangre
con su cola de fuego.

Detrás de todas
me voy.

Pasó una clara rubia
como una planta de oro
balanceando sus dones.
Y mi boca se fue
como una ola
descargando en su pecho
relámpagos de sangre.

Detrás de todas
me voy.

Pero a ti, sin moverme,
sin verte, tú distante,
van mi sangre y mis besos,
morena y clara mía,
alta y pequeña mía,
ancha y delgada mía,
mi fea, mi hermosura,
hecha de todo el oro
y de toda la plata,
hecha de todo el trigo
y de toda la tierra,
hecha de toda el agua
de las olas marinas,

Der Unbeständige

Die Augen entliefen mir,
einem dunklen Weib
hinterdrein.

Sie war aus schwarzem Perlmutt,
war aus nachtvioletten Trauben,
und das Blut, es geißelte mich
mit funkelndem Feuerschwanz.

Hinter allen
laufe ich drein.

Eine Blonde ging strahlend
vorüber, goldne Pflanze,
wippend mit Wonnegaben.
Und mein Mund entlief mir,
wie eine Welle davonläuft,
und entlud auf ihrer Brust
Blitze aus Blut.

Hinter allen
laufe ich drein.

Doch zu dir, ohne daß ich mich rege,
zu dir, die ich nicht sehe, du Ferne,
drängt all mein Blut, meine Küsse,
meine Dunkle und Helle du,
meine Große und Kleine,
meine Üppige du, meine Schlanke,
meine Häßliche, meine Schöne,
gemacht aus allem Gold
und aus jeglichem Silber,
gemacht aus allem Weizen,
aus der gesamten Erde,
gemacht aus all dem Wasser
der Wellen aller Meere,

hecha para mis brazos,
hecha para mis besos,
hecha para mi alma.

La noche en la isla

Toda la noche he dormido contigo
junto al mar, en la isla.
Salvaje y dulce eras entre el placer y el sueño,
entre el fuego y el agua.

Tal vez muy tarde
nuestros sueños se unieron
en lo alto o en el fondo,
arriba como ramas que un mismo viento mueve,
abajo como rojas raíces que se tocan.

Tal vez tu sueño
se separó del mío
y por el mar oscuro
me buscaba
como antes,
cuando aún no existías,
cuando sin divisarte
navegué por tu lado,
y tus ojos buscaban
lo que ahora
– pan, vino, amor y cólera –
te doy a manos llenas
porque tú eres la copa
que esperaba los dones de mi vida.

He dormido contigo
toda la noche mientras

gemacht für meine Arme,
gemacht für meine Küsse,
gemacht für meine Seele.

Die Nacht auf der Insel

Die ganze Nacht hab ich geschlafen mit dir,
nahe dem Meer, auf der Insel.
Wild und lieblich warst du im Wechsel von Lust und Schlaf,
im Wechsel von Feuer und Wasser.

Vielleicht vereinten sich
spät, sehr spät unsere Träume,
hoch droben oder tief drunten,
in der Höhe wie Zweige, vom selben Winde bewegt,
in der Tiefe wie rote Wurzeln, einander berührend.

Vielleicht trennte sich
dein Traum von dem meinen
und suchte mich
auf dem dunklen Meer
wie einstens,
als es dich noch nicht gab,
als ich, ohne dich zu gewahren,
dicht an dir vorüberfuhr,
und deine Augen suchten,
was ich nunmehr
– Brot, Wein, Liebe und Zorn –
mit vollen Händen dir gebe,
denn du bist der Becher,
wartend auf die Gaben meines Lebens.

Ich hab mit dir geschlafen
die ganze Nacht, während

la oscura tierra gira
con vivos y con muertos,
y al despertar de pronto
en medio de la sombra
mi brazo rodeaba tu cintura.
Ni la noche, ni el sueño
pudieron separarnos.

He dormido contigo
y al despertar tu boca
salida de tu sueño
me dió el sabor de tierra,
de agua marina, de algas,
del fondo de tu vida,
y recibí tu beso
mojado por la aurora
como si me llegara
del mar que nos rodea.

El viento en la isla

El viento es un caballo:
óyelo cómo corre
por el mar, por el cielo.

Quiere llevarme: escucha
cómo recorre el mundo
para llevarme lejos.

Escóndeme en tus brazos
por esta noche sola,
mientras la lluvia rompe
contra el mar y la tierra
su boca innumerable.

die dunkle Erde sich drehte
mit Lebenden und mit Toten,
und beim Erwachen, jählings,
inmitten der Dunkelheit
umfaßte mein Arm deine Hüfte.
Weder die Nacht noch der Traum
konnten uns beide trennen.

Ich hab mit dir geschlafen,
und beim Erwachen gab dein Mund,
eben dem Traum entkommen,
mir den Geschmack von Erde,
von Meereswasser, von Algen,
vom Grund deines eignen Lebens,
und ich erhielt deinen Kuß,
benetzt von der Morgenröte,
als käme er mir vom Meer,
das hier uns umspült.

Der Wind auf der Insel

Der Wind, der ist ein Rappe:
hör doch, wie er dahinprescht
übers Meer, durch den Himmel.

Er will mich holen: Horch,
wie er die Welt durchklappert,
um mich weit fortzutragen.

Birg mich in deinen Armen,
nur diese eine Nacht,
während der Regen losplatzt
auf das Meer und die Erde
aus unzähligem Mund.

Escucha cómo el viento
me llama galopando
para llevarme lejos.

Con tu frente en mi frente,
con tu boca en mi boca,
atados nuestros cuerpos
al amor que nos quema,
deja que el viento pase
sin que pueda llevarme.

Deja que el viento corra
coronado de espuma,
que me llame y me busque
galopando en la sombra,
mientras yo, sumergido
bajo tus grandes ojos,
por esta noche sola
descansaré, amor mío.

La infinita

Ves estas manos? Han medido
la tierra, han separado
los minerales y los cereales,
han hecho la paz y la guerra,
han derribado las distancias
de todos los mares y ríos,
y sin embargo
cuando te recorren
a ti, pequeña,
grano de trigo, alondra,
no alcanzan a abarcarte,
se cansan alcanzando

Lausche doch, wie der Wind
im Galopp nach mir ruft,
um mich weit fortzutragen.

Stirn an Stirne gepreßt,
mit deinem Mund auf meinem,
beide Körper gefesselt
an das, was uns verbrennt,
laß ihn vorbei, den Wind,
ohne daß er mich mitnimmt.

Laß, daß der Wind vorbeirast,
mit Gischt vom Meer bekränzt,
daß er mich ruft, mich sucht,
galoppierend im Dunkel,
während ich hier, versunken
in deinen großen Augen
nur diese eine Nacht
ausruhe, meine Liebe.

Die Unermeßliche

Siehst du diese Hände? Sie haben
die Erde gemessen, haben Mineral
von Mineral gesondert, Getreide von Getreide,
haben den Frieden gemacht und den Krieg,
haben die Distanzen
aller Meere und Flüsse überwunden,
und dennoch:
wenn sie hingehn
über dich, du Kleine,
Weizenkorn, Lerche,
so kommen sie nie an ein Ende,
halten inne, benommen,

las palomas gemelas
que reposan o vuelan en tu pecho,
recorren las distancias de tus piernas,
se enrollan en la luz de tu cintura.
Para mí eres tesoro más cargado
de inmensidad que el mar y sus racimos
y eres blanca y azul y extensa como
la tierra en la vendimia.
En ese territorio,
de tus pies a tu frente,
andando, andando, andando,
me pasaré la vida.

Bella

Bella,
como en la piedra fresca
del manantial, el agua
abre un ancho relámpago de espuma,
así es la sonrisa en tu rostro,
bella.

Bella,
de finas manos y delgados pies
como un caballito de plata,
andando, flor del mundo,
así te veo,
bella.

Bella,
con un nido de cobre enmarañado
en tu cabeza, un nido
color de miel sombría

wenn sie zu den Zwillingstauben gelangen,
die ruhen oder fliegen auf deiner Brust,
sie gehen eilig deine Beine entlang,
kauern sich ein im Licht deiner Hüfte.
Für mich bist du ein Hort, reicher,
unermeßlicher als das Meer mit seinen Schwärmen,
und du bist weiß und blau und weit
wie die Erde, wenn sie zur Weinlese lädt.
In diesem Gelände,
zwischen deinen Füßen und deiner Stirn,
weile ich, wandernd, wandernd,
mein Leben lang.

Schöne

Schöne,
wie im kühlen Gestein
das Wasser des Quells
als ein üppiger Blitz aus Gischt entspringt,
so ist das Lächeln in deinem Gesicht,
du Schöne.

Schöne,
mit feinen Händen und schlanken Füßen
wie ein Silberpferdchen,
leichten Ganges, Blüte der Welt,
so sehe ich dich,
du Schöne.

Schöne,
mit einem kupfernen Wuschelnest
auf deinem Kopf, einem Nest
von der Farbe dunklen Honigs,

donde mi corazón arde y reposa,
bella.

Bella,
no te caben los ojos en la cara,
no te caben los ojos en la tierra.
Hay países, hay ríos,
en tus ojos,
mi patria está en tus ojos,
yo camino por ellos,
ellos dan luz al mundo
por donde yo camino,
bella.

Bella,
tus senos son como dos panes hechos
de tierra cereal y luna de oro,
bella.

Bella,
tu cintura
la hizo mi brazo como un río cuando
pasó mil años por tu dulce cuerpo,
bella.

Bella,
no hay nada como tus caderas,
tal vez la tierra tiene
en algún sitio oculto
la curva y el aroma de tu cuerpo,
tal vez en algún sitio,
bella.

Bella, mi bella,
tu voz, tu piel, tus uñas,
bella, mi bella,
tu ser, tu luz, tu sombra,
bella,

worin mein Herz lodert und ruht,
du Schöne.

Schöne,
deine Augen haben nicht Raum genug in deinem Gesicht,
nicht Raum genug auf der Erde.
Länder gibt es, Flüsse gibt es
in deinen Augen,
mein Vaterland ist in deinen Augen,
ich durchwandere sie,
sie spenden Licht der Welt,
die ich durchwandere,
du Schöne.

Schöne,
deine Brüste sind wie zwei Brote,
aus Kornerde und Goldmohn gemacht,
du Schöne.

Schöne,
deine Taille,
sie wurde geformt von meinem Arm,
wie von einem Fluß, der tausend Jahre lang
deinen lieblichen Leib umströmte,
du Schöne.

Schöne,
nichts läßt sich vergleichen mit deinen Hüften,
vielleicht hat die Erde
irgendwo an geheimem Ort
die Wölbung und den Duft deines Körpers,
irgendwo vielleicht,
du Schöne.

Schöne, meine Schöne,
deine Stimme, deine Haut, deine Nägel,
Schöne, meine Schöne,
dein Sein, dein Licht, dein Schatten,
Schöne,

todo eso es mío, bella,
todo eso es mío, mía,
cuando andas o reposas,
cuando cantas o duermes,
cuando sufres o sueñas,
siempre,
cuando estás cerca o lejos,
siempre,
eres mía, mi bella,
siempre.

La rama robada

En la noche entraremos
a robar
una rama florida.

Pasaremos el muro,
en las tinieblas del jardín ajeno,
dos sombras en la sombra.

Aún no se fue el invierno,
y el manzano aparece
convertido de pronto
en cascada de estrellas olorosas.

En la noche entraremos
hasta su tembloroso firmamento,
y tus pequeñas manos y las mías
robarán las estrellas.

Y sigilosamente,
a nuestra casa,
en la noche y en la sombra,

dies alles ist mein, Schöne,
all dies ist mein, du Meine,
wenn du gehst oder ruhst,
wenn du singst oder schläfst,
wenn du leidest oder träumst,
immer,
wenn du nahe bist oder fern,
immer
bist du mein, meine Schöne,
immer.

Der gestohlene Zweig

In die Nacht werden wir dringen,
um einen blühenden
Zweig zu stehlen.

Wir werden die Mauer übersteigen,
im Dunkel des fremden Gartens,
zwei Schatten im Schatten.

Noch ist der Winter nicht vorbei,
und der Apfelbaum erscheint
jählings verwandelt:
ein Wasserfall duftender Sterne.

In die Nacht werden wir dringen,
bis hinauf an ihr zitterndes Firmament,
und deine kleinen Hände und die meinen
werden die Sterne stehlen.

Und heimlich,
zu unserem Haus,
in Nacht und Dunkel,

entrará con tus pasos
el silencioso paso del perfume
y con pies estrellados
el cuerpo claro de la Primavera.

El hijo

Ay hijo, sabes, sabes
de dónde vienes?

De un lago con gaviotas
blancas y hambrientas.

Junto al agua de invierno
ella y yo levantamos
una fogata roja
gastándonos los labios
de besarnos el alma,
echando al fuego todo,
quemándonos la vida.

Así llegaste al mundo.

Pero ella para verme
y para verte un día
atravesó los mares
y yo para abrazar
su pequeña cintura
toda la tierra anduve,
con guerras y montañas,
con arenas y espinas.

Así llegaste al mundo.

wird dringen mit deinen Schritten
der lautlose Schritt des Duftes
und mit Sternenfüßen
der lichte Leib des Frühlings.

Der Sohn

Ach, Sohn, weißt du denn, weißt du,
von wo du kommst?

Von einem See mit weißen,
hungrig kreischenden Möwen.

Am winterlichen Wasser,
da entfachten wir, sie und
ich, ein rotes Geloder,
verschlissen uns die Lippen,
uns die Seele zu küssen,
warfen alles ins Feuer,
verbrannten unser Leben.

Und so kamst du zur Welt.

Doch sie, um mich zu sehen,
und auch dich, eines Tages,
überquerte die Meere,
und ich, um zu umarmen
ihre zierliche Taille,
lief um die ganze Erde,
durch Kriege, über Berge,
durch Wüsten, Dornendickicht.

Und so kamst du zur Welt.

De tantos sitios vienes,
del agua y de la tierra,
del fuego y de la nieve,
de tan lejos caminas
hacia nosotros dos,
desde el amor terrible
que nos ha encadenado,
que queremos saber
cómo eres, qué nos dices,
porque tú sabes más
del mundo que te dimos.

Como una gran tormenta
sacudimos nosotros
el árbol de la vida
hasta las más ocultas
fibras de las raíces
y apareces ahora
cantando en el follaje,
en la más alta rama
que contigo alcanzamos.

La tierra

La tierra verde se ha entregado
a todo lo amarillo, oro, cosechas,
terrones, hojas, grano,
pero cuando el otoño se levanta
con su estandarte extenso
eres tú la que veo,
es para mí tu cabellera
la que reparte las espigas.

Von so viel Orten kommst du,
vom Wasser, von der Erde,
vom Feuer und vom Schnee,
von so weit her gelangst du
bis zu uns beiden hier,
von der schrecklichen Liebe,
die uns verkettet hat,
daß wir nun wissen wollen,
wie du bist, was du sagst, denn
du weißt mehr von der Welt,
die wir zwei dir gegeben.

Wie ein heftiger Sturm
rüttelten wir den Baum
des Lebens, ihn erschütternd
bis hinab zu den letzten,
geheimsten Wurzelspitzen,
und jetzt erscheinst du singend
dort, auf dem höchsten Zweig,
den wir mit dir erreichen.

Die Erde

Die grüne Erde hat sich nun ergeben
all dem Gelb, Gold, Ernten,
Erdklumpen, Blätter, Korn,
aber wenn er aufsteht, der Herbst,
mit seiner großen Standarte,
bist du es, die ich sehe,
für mich ist es dein Haar,
das ausschüttet die Ährenfülle.

Veo los monumentos
de antigua piedra rota,
pero si toco
la cicatriz de piedra
tu cuerpo me responde,
mis dedos reconocen
de pronto, estremecidos,
tu caliente dulzura.

Entre los héroes paso
recién condecorados
por la tierra y la pólvora
y destrás de ellos, muda,
con tus pequeños pasos,
eres o no eres?

Ayer cuando sacaron
de raíz, para verlo,
el viejo árbol enano
te vi salir mirándome
desde las torturadas
y sedientas raíces.

Y cuando viene el sueño
a extenderme y llevarme
a mi propio silencio
hay un gran viento blanco
que derriba mi sueño
y caen de él las hojas,
caen como cuchillos
sobre mí desangrándome.

Y cada herida tiene
la forma de tu boca.

Ich sehe die Monumente
aus altem, zerbrochenem Stein,
aber berühre ich
die steinerne Narbe,
so antwortet mir dein Körper,
meine Finger erkennen
plötzlich, erschauernd,
deine warme Süße.

Unter den Helden geh ich umher,
denen, die eben ausgezeichnet wurden
durch die Erde und den Staub,
und hinter ihnen, stumm,
mit deinen kleinen Schritten –
bist du's, oder bist du's nicht?

Gestern, als sie aus Neugier
den alten Zwergbaum
mit der Wurzel ausrissen,
sah ich dich hervorschaun,
wie du mich ansahst aus den gequälten
und dürstenden Wurzeln.

Und wenn der Schlaf kommt,
mich auszustrecken und in mein
eigenes Schweigen mich zu führen,
erscheint ein großer, weißer Wind,
der meinen Schlaf zu Fall bringt,
und die Blätter fallen ihm ab,
fallen wie Messerklingen
auf mich, daß ich verblute.

Und jede Wunde hat
die Form deines Mundes.

Ausencia

Apenas te he dejado,
vas en mí, cristalina
o temblorosa,
o inquieta, herida por mí mismo
o colmada de amor como cuando tus ojos
se cierran sobre el don de la vida
que sin cesar te entrego.

Amor mío,
nos hemos encontrado
sedientos y nos hemos
bebido toda el agua y la sangre,
nos encontramos
con hambre
y nos mordimos
como el fuego muerde,
dejándonos heridas.

Pero espérame,
guárdame tu dulzura.
Yo te daré también
una rosa.

Abwesenheit

Kaum hab ich dich verlassen,
gehst du mit in mir, kristallklar
oder zitternd
oder unruhig, verletzt durch mich selbst,
oder erfüllt von Liebe, wie wenn deine Augen
sich schließen über der Gabe des Lebens,
die ich unablässig dir reiche.

Meine Liebe,
wir haben uns gefunden
voller Durst, und wir haben
uns getrunken, alles Wasser und das Blut,
wir haben uns gefunden
voll Hunger
und haben uns gebissen,
wie das Feuer beißt,
Wunden uns hinterlassend.

Aber warte auf mich,
bewahre mir deine Süße.
Ich werde dir auch
eine Rose geben.

El tigre

Soy el tigre.
Te acecho entre las hojas
anchas como lingotes
de mineral mojado.

El río blanco crece
bajo la niebla. Llegas.

Desnuda te sumerges.
Espero.

Entonces en un salto
de fuego, sangre, dientes,
de un zarpazo derribo
tu pecho, tus caderas.

Bebo tu sangre, rompo
tus miembros uno a uno.

Y me quedo velando
por años en la selva
tus huesos, tu ceniza,
inmóvil, lejos
del odio y de la cólera,
desarmado en tu muerte,
cruzado por las lianas,
inmóvil en la lluvia,
centinela implacable
de mi amor asesino.

Die Begierde

Der Tiger

Ich bin der Tiger.
Laure auf dich im Laub,
zwischen Blättern, so strotzend
wie Barren feuchten Erzes.

Der weiße Fluß schwillt an
unterm Nebel. Du kommst.

Nackt tauchst du unter.
Ich warte.

Und dann, in einem Sprung
von Feuer, Blut und Zähnen,
reißt ein Prankenhieb dir
die Brust, die Hüften nieder.

Ich trinke dein Blut, breche
dir deine Glieder, einzeln.

Und dann halte ich Wache
im Urwald, jahrelang,
bei deinen Knochen, deiner
Asche, regungslos,
fern dem Haß und dem Zorn,
entwaffnet durch deinen Tod,
von Lianen umwuchert,
regungslos unterm Regen,
unerbittlicher Wächter
bei meiner Mörderliebe.

El cóndor

Yo soy el cóndor, vuelo
sobre ti que caminas
y de pronto en un ruedo
de viento, pluma, garras,
te asalto y te levanto
en un ciclón silbante
de huracanado frío.

Y a mi torre de nieve,
a mi guarida negra
te llevo y sola vives,
y te llenas de plumas
y vuelas sobre el mundo,
inmóvil, en la altura.

Hembra cóndor, saltemos
sobre esta presa roja,
desgarremos la vida
que pasa palpitando
y levantemos juntos
nuestro vuelo salvaje.

El insecto

De tus caderas a tus pies
quiero hacer un largo viaje.

Soy más pequeño que un insecto.

Voy por estas colinas,
son de color de avena,

Der Kondor

Ich bin der Kondor, fliege
über dir, die zu Fuß geht,
und jäh, in einem Kreiseln
von Wind, Gefieder, Krallen,
stürz ich auf dich und hebe
dich hoch in schrillem Wirbel
sturmentfesselten Frosts.

Hinauf zu meinem Schneeturm,
zu meinem schwarzen Schlupfloch
bringe ich dich, und einsam
wohnst du, dir wachsen Federn,
du fliegst über der Erde,
regungslos, in der Höhe.

Kondorweibchen, wir wollen
uns stürzen auf die rote
Beute, reißen das Leben,
das mit Herzpochen herkommt,
und uns aufschwingen, beide,
zu unsrem wilden Fluge.

Das Insekt

Von deinen Hüften bis zu deinen Füßen
will ich eine lange Reise machen.

Ich bin kleiner als ein Insekt.

Ich schweife über Hügel,
hell schimmernd wie der Hafer,

tienen delgadas huellas
que sólo yo conozco,
centímetros quemados,
pálidas perspectivas.

Aquí hay una montaña.
No saldré nunca de ella.
Oh qué musgo gigante!
Y un cráter, una rosa
de fuego humedecido!

Por tus piernas desciendo
hilando una espiral
o durmiendo en el viaje
y llego a tus rodillas
de redonda dureza
como a las cimas duras
de un claro continente.

Hacia tus pies resbalo,
a los ocho aberturas,
de tus dedos agudos,
lentos, peninsulares,
y de ellos al vacío
de la sábana blanca
caigo, buscando ciego
y hambriento tu contorno
de vasija quemante!

bedeckt mit zarten Spuren,
die keiner kennt, nur ich,
versengte Zentimeter,
dämmrige Perspektiven.

Hier gibt es einen Berg.
Nie werd ich den verlassen.
Oh, wie riesig das Moos!
Und da ein Krater, eine
Rose aus feuchtem Feuer!

Deine Beine hinunter
eine Spirale windend
oder schlummernd im Gehen,
steig ich abwärts und komme
zu deinen Knien, rund und
hart wie die Gipfel eines
heiteren Kontinentes.

Gleitend, zu deinen Füßen,
komm ich an die acht Spalten
zwischen den spitzen, trägen,
halbinselhaften Zehen
und stürze ab ins Leere
des weißen, leinenen Lakens,
blind in die Runde tastend,
hungernd nach deinem Umriß,
den Rand des Glutkrugs suchend!

El amor

Qué tienes, qué tenemos,
qué nos pasa?
Ay nuestro amor es una cuerda dura
que nos amarra hiriéndonos
y si queremos
salir de nuestra herida,
separarnos,
nos hace un nuevo nudo y nos condena
a desangrarnos y quemarnos juntos.

Qué tienes? Yo te miro
y no hallo nada en ti sino dos ojos
como todos los ojos, una boca
perdida entre mil bocas que besé, más hermosas,
un cuerpo igual a los que resbalaron
bajo mi cuerpo sin dejar memoria.

Y qué vacía por el mundo ibas
como una jarra de color de trigo
sin aire, sin sonido, sin substancia!
Yo busqué en vano en ti
profundidad para mis brazos
que excavan, sin cesar, bajo la tierra:
bajo tu piel, bajo tus ojos
nada,
bajo tu doble pecho levantado
apenas
una corriente de orden cristalino
que no sabe por qué corre cantando.
Por qué, por qué, por qué,
amor mío, por qué?

Die Furien

Die Liebe

Was hast du, was haben wir,
was widerfährt uns?
Ach, unsre Liebe ist ein harter Strick,
der uns festzurrt, verletzt,
und wollen wir
unsrer Wunde entrinnen,
uns trennen,
schlingt er noch einen Knoten und verdammt uns,
zusammen zu verbluten, zu verbrennen.

Was hast du? Ich betrachte dich
und finde nichts an dir, nichts als zwei Augen,
wie alle andern Augen, einen Mund,
verloren unter tausend Mündern, die ich geküßt, die
schöner waren,
einen Körper gleich denen, die unter meinem Körper
hinglitten, ohne ein Erinnern zu hinterlassen.

Und wie leer gingst du durch die Welt,
ein weizenfarbner Tonkrug
ohne Luft, ohne Laut, ohne Inhalt!
Ich suchte vergeblich in dir
eine Tiefe für meine Arme,
die unentwegt graben unter der Erde:
unter deiner Haut, hinter deinen Augen
nichts,
unter deiner zwiefach gewölbten Brust
ein spärliches
gläsernes Rieseln,
das nicht weiß, warum es singend dahinrinnt.
Warum, warum, warum,
meine Liebe, warum?

Siempre

Antes de mí
no tengo celos.

Ven con un hombre
a la espalda,
ven con cien hombres en tu cabellera,
ven con mil hombres entre tu pecho y tus pies,
ven como un río
lleno de ahogados
que encuentra el mar furioso,
la espuma eterna, el tiempo!

Tráelos todos
adonde yo te espero:
siempre estaremos solos,
siempre estaremos tú y yo
solos sobre la tierra
para comenzar la vida!

El desvío

Si tu pie se desvía de nuevo,
será cortado.

Si tu mano te lleva
a otro camino
se caerá podrida.

Immer

Was vor mir war,
weckt keine Eifersucht.

Komm mit einem Mann
auf dem Rücken,
komm mit hundert Männern in deiner Mähne,
komm mit tausend Männern zwischen deiner Brust und
 deinen Füßen,
komm wie ein Fluß
voller Ertrunkener,
der den rasenden Ozean findet,
den ewigen Gischt, die Zeit!

Bring sie alle her,
wo ich dich erwarte:
immer werden wir einzig sein,
immer nur du und ich
allein auf der Erde,
um das Leben zu beginnen!

Die Verfehlung

Wenn dein Fuß noch einmal fehlgeht,
wird er abgehauen.

Wenn deine Hand dich
auf einen anderen Weg führt,
fällt sie verfault zu Boden.

Si me apartas tu vida
morirás
aunque vivas.

Seguirás muerta o sombra,
andando sin mí por la tierra.

La pregunta

Amor, una pregunta
te ha destrozado.

Yo he regresado a ti
desde la incertidumbre con espinas.

Te quiero recta como
la espada o el camino.

Pero te empeñas
en guardar un recodo
de sombra que no quiero.

Amor mío,
compréndeme,
te quiero toda,
de ojos a pies, a uñas,
por dentro,
toda la claridad, la que guardabas.

Soy yo, amor mío,
quien golpea tu puerta.
No es el fantasma, no es
el que antes se detuvo
en tu ventana.

Wenn du mir dein Leben entziehst,
stirbst du
bei lebendigem Leibe.

Als Tote oder als Schatten
wirst du ohne mich dann durch die Welt gehn.

Die Frage

Liebe, eine Frage
hat dich zerstört.

Ich bin zurückgekehrt zu dir
aus der Ungewißheit voll Dornen.

Ich wünsche mir dich so gerade
wie das Schwert oder der Weg.

Aber du beharrst darauf,
einen Schattenwinkel zu wahren,
den ich nicht mag.

Meine Liebe,
versteh mich,
ich will dich ganz,
von den Augen bis zu den Füßen, den Nägeln,
im Innern
all die Klarheit, die du bewahrtest.

Ich bin's, meine Liebe,
der an die Tür schlägt.
Nicht das Gespenst, nicht der,
welcher früher stehenblieb
an deinem Fenster.

Yo echo la puerta abajo:
yo entro en toda tu vida:
vengo a vivir en tu alma:
tú no puedes conmigo.

Tienes que abrir puerta a puerta,
tienes que obedecerme,
tienes que abrir los ojos
para que busque en ellos,
tienes que ver cómo ando
con pasos pesados
por todos los caminos
que, ciegos, me esperaban.

No me temas,
soy tuyo,
pero
no soy el pasajero ni el mendigo,
soy tu dueño,
el que tú esperabas,
y ahora entro
en tu vida,
para no salir más,
amor, amor, amor,
para quedarme.

La pródiga

Yo te escogí entre todas las mujeres
para que repitieras
sobre la tierra
mi corazón que baila con espigas
o lucha sin cuartel cuando hace falta.

Ich schlage die Türe ein,
dringe ein in dein ganzes Leben,
komme, um in deiner Seele zu wohnen:
du kannst nichts tun gegen mich.

Tür um Tür mußt du auftun,
du mußt mir gehorchen,
mußt die Augen öffnen,
damit ich sie durchsuche,
du mußt sehen, wie ich
mit schweren Schritten
all die Wege gehe,
die blind mich erwartet haben.

Fürchte mich nicht,
ich bin dein,
doch ich
bin nicht der Durchreisende, nicht der Bettler,
ich bin dein Herr,
der, auf den du gewartet hast,
und jetzt trete ich ein
in dein Leben,
um nie mehr fortzugehn,
Liebe, Liebe, Liebe,
um zu bleiben.

Die Vergeuderin

Ich habe dich erwählt unter allen Frauen,
damit du wiederholst
auf der Erde den Takt
meines Herzens, das mit den Ähren tanzt
oder im Notfall kämpft, ohne Kaserne.

Yo te pregunto, dónde está mí hijo?

No me esperaba en ti, reconociéndome,
y diciéndome: »Llámame para salir sobre la tierra
a continuar tus luchas y tus cantos«?

Devuélveme a mi hijo!

Lo has olvidado en las puertas
del placer, oh pródiga
enemiga,
has oividado que viniste a esta cita,
la más profunda, aquella
en que los dos, unidos, seguiremos hablando
por su boca, amor mío,
ay, todo aquello
que no alcanzamos a decirnos?

Cuando yo te levanto en una ola
de fuego y sangre, y se duplica
la vida entre nosotros,
acuérdate,
que alguien nos llama
como nadie jamás nos ha llamado,
y que no respondemos

y nos quedamos solos y cobardes
ante la vida que negamos.

Pródiga,
abre las puertas,
y que en tu corazón
el nudo ciego
se desenlace y vuele
con tu sangre y la mía
por el mundo!

Ich frage dich: Wo ist mein Sohn?

Hat er mich nicht erwartet in dir, mich erkennend
und zu mir sagend: Ruf mich heraus auf die Erde,
damit ich fortführe deine Kämpfe und deine Lieder?

Gib mir meinen Sohn zurück!

Hast du es vergessen an den Türen
der Lust, o vergeuderische
Feindin,
vergessen, daß du zu dieser Zusammenkunft kamst,
der tiefsten, der,
wo wir zwei, vereint, weiterreden werden
durch seinen Mund, meine Liebe,
ach, all das,
was wir uns nicht zu sagen vermögen?

Wenn ich dich emporhebe auf einer Woge
aus Feuer und Blut und sich verdoppelt
das Leben zwischen uns,
so denke daran,
daß jemand uns ruft,
wie niemand uns je gerufen hat,
und daß wir nicht Antwort geben

und einsam bleiben und feige
vor dem Leben, das wir verneinen.

Vergeuderin,
tu die Türen auf
und laß in deinem Herzen
den blinden Knoten
sich lösen, laß ihn fliegen
mit deinem Blut und meinem
durch die Welt!

El daño

Te he hecho daño, alma mía,
he desgarrado tu alma.

Entiéndeme.
Todos saben quién soy,
pero ese Soy
es además un hombre
para ti.

En ti vacilo, caigo
y me levanto ardiendo.
Tú entre todos los seres
tienes derecho
a verme débil.
Y tu pequeña mano
de pan y de guitarra
debe tocar mi pecho
cuando sale al combate.

Por eso busco en ti la firme piedra.
Ásperas manos en tu sangre clavo
buscando tu firmeza
y la profundidad que necesito,
y si no encuentro
sino tu risa de metal, si no hallo
nada en qué sostener mis duros pasos,
adorada, recibe
mi tristeza y mi cólera,
mis manos enemigas
destruyéndote un poco
para que te levantes de la arcilla,
hecha de nuevo para mis combates.

Die Verletzung

Ich habe dir wehgetan, mein Herz,
ich habe dein Herz zerrissen.

Versteh mich.
Alle wissen, wer ich bin,
aber dieses Ich-bin
ist überdies ein Mann
für dich.

In dir wanke ich, falle
und erhebe mich glühend.
Du unter allen Wesen
hast das Recht,
mich schwach zu sehen.
Und deine kleine Hand
für Brot und Gitarre
soll meine Brust berühren,
wenn ich hinaus geh zum Kampf.

Darum suche ich in dir den festen Stein.
Rauhe Hände schlage ich in dein Blut,
deine Festigkeit suchend
und die Tiefe, die ich brauche,
und begegnet mir
nur dein metallisches Lachen, treffe ich
nichts, worauf meine harten Schritte Halt finden,
Angebetete, so nimm
meine Trauer hin und meinen Zorn,
meine feindlichen Hände,
die dich verwüsten, ein wenig,
damit du aus dem Lehm erstehst,
neu geschaffen für meine Kämpfe.

El pozo

A veces te hundes, caes
en tu agujero de silencio,
en tu abismo de cólera orgullosa,
y apenas puedes
volver, aún con jirones
de lo que hallaste
en la profundidad de tu existencia.

Amor mío, qué encuentras
en tu pozo cerrado?
Algas, ciénagas, rocas?
Qué ves con ojos ciegos,
rencorosa y herida?

Mi vida, no hallarás
en el pozo en que caes
lo que yo guardo para ti en la altura:
un ramo de jazmines con rocío,
un beso más profundo que tu abismo.

No me temas, no caigas
en tu rencor de nuevo.
Sacude la palabra mía que vino a herirte
y déjala que vuele por la ventana abierta.
Ella volverá a herirme
sin que tú la dirijas
puesto que fue cargada con un instante duro
y ese instante será desarmado en mi pecho.

Sonríeme radiosa
si mi boca te hiere.
No soy un pastor dulce
como en los cuentos de hadas,
sino un buen leñador que comparte contigo
tierra, viento y espinas de los montes.

Der Brunnen

Manchmal versinkst du, fällst
hinab in dein Schweigeloch,
in deinen Abgrund stolzen Zorns,
und mühsam nur
kommst du wieder heraus, behaftet noch
mit den Fetzen dessen, was du findest
in der Tiefe deines Daseins.

Meine Liebe, was findest du
in deinem verschlossenen Brunnen?
Algen, Morast, Felsbrocken?
Was siehst du mit blinden Augen,
grollend und verwundet?

Mein Leben, du wirst
in dem Brunnen, worein du fällst,
nicht finden, was ich oben aufbewahre für dich:
einen Jasminzweig voll Tau,
einen Kuß, tiefer als dein Abgrund.

Fürchte mich nicht, fall
nicht aufs neue in deinen Groll.
Schüttle ab mein Wort, das kam, dich zu verletzen,
laß es hinaus durchs offne Fenster fliegen.
Es saust zurück und verletzt mich aufs neue,
ohne daß du gezielt hast,
denn in ihm ist der Sprengsatz eines harten Moments,
und der wird hier entschärft, in meiner Brust.

Lächle mich strahlend an,
wenn mein Mund dich verletzt.
Ich bin nicht der sanfte Hirte
aus dem Feenmärchen,
sondern ein rechter Holzfäller, der mit dir
Erde, Wind und Dornen der Berge teilt.

Ámame, tú, sonríeme,
ayúdame a ser bueno.
No te hieras en mí, que será inútil,
no me hieras a mí porque te hieres.

El sueño

Andando en las arenas
yo decidí dejarte.

Pisaba un barro oscuro
que temblaba,
y hundiéndome y saliendo
decidí que salieras
de mi, que me pesabas
como piedra cortante,
y elaboré tu pérdida
paso a paso:
cortarte las raíces,
soltarte sola al viento.

Ay en ese minuto,
corazón mío, un sueño
con sus alas terribles
te cubría.

Te sentías tragada por el barro,
y me llamabas y yo no acudía,
te ibas, inmóvil,
sin defenderte
hasta ahogarte en la boca de arena.

Después
mi decisión se encontró con tu sueño,

Liebe mich, du, lächle mich an,
hilf mir gut sein.
Verletze dich nicht an mir, es wäre unnütz,
verletze nicht mich, du verletzt sonst dich.

Der Traum

Beim Gang über den Strand
beschloß ich, dich zu verlassen.

Ich trat auf dunklen Schlick,
der wankend nachgab,
sank ein, kam wieder heraus,
beschloß, du solltest
heraus aus mir, da du darin lastetest
wie ein kantiger Stein,
und ich plante, wie ich dich loswürde,
Zug um Zug:
dir die Wurzeln abhacken,
allein dem Wind dich überlassen.

Ach, in dieser Minute,
mein Herz, überkam dich
ein Traum
mit seinen schaurigen Schwingen.

Du fühltest dich verschlungen vom Schlick
und riefst mich, und ich kam nicht herbei,
du gingst unter, starr,
ohne dich zu wehren,
bis du versankst im Strandschlund.

Später
stieß mein Entschluß auf deinen Traum,

y desde la ruptura
que nos quebraba el alma,
surgimos limpios otra vez, desnudos,
amándonos
sin sueño, sin arena,
completos y radiantes,
sellados por el fuego.

Si tú me olvidas

Quiero que sepas
una cosa.

Tú sabes cómo es esto:
si miro
la luna de cristal, la rama roja
del lento otoño en mi ventana,
si toco
junto al fuego
la impalpable ceniza
o el arrugado cuerpo de la leña,
todo me lleva a ti,
como si todo lo que existe,
aromas, luz, metales,
fueran pequeños barcos que navegan
hacia las islas tuyas que me aguardan.

Ahora bien,
si poco a poco dejas de quererme
dejaré de quererte poco a poco.

Si de pronto
me olvidas

und seit dem Bruch,
der uns die Seele zerbrach,
sind wir aufs neue aufgetaucht, rein und nackt,
uns liebend,
ohne Traum, ohne Strand,
vollständig und strahlend,
vom Feuer besiegelt.

Wenn du mich vergißt

Ich möchte, daß du
eines weißt.

Du weißt ja, wie das ist:
Betrachte ich
den kristallenen Mond, den roten Zweig
des säumigen Herbstes an meinem Fenster,
berühre ich
beim Feuer
die ungreifbare Asche
oder den runzligen Körper des Holzes,
bringt mich alles zu dir,
als wäre alles, was da ist,
Düfte, Licht, Metalle,
nichts andres als ein Schwarm kleiner Schiffe,
hinsegelnd zu deinen Inseln, die mich erwarten.

Nun aber,
wenn du allmählich aufhörst, mich zu lieben,
werde ich aufhören, dich zu lieben, allmählich.

Wenn du auf einmal
mich vergißt,

no me busques
que ya te habré olvidado.

Si consideras largo y loco
el viento de banderas
que pasa por mi vida
y te decides
a dejarme a la orilla
del corazón en que tengo raíces,
piensa
que en ese día,
a esa hora
levantaré los brazos
y saldrán mis raíces
a buscar otra tierra.

Pero
si cada día,
cada hora
sientes que a mí estás destinada
con dulzura implacable.
Si cada día sube
una flor a tus labios a buscarme,
ay amor mío, ay mía,
en mí todo ese fuego se repite,
en mí nada se apaga ni se olvida,
mi amor se nutre de tu amor, amada,
y mientras vivas estará en tus brazos
sin salir de los míos.

suche nicht nach mir,
denn ich werde dich schon vergessen haben.

Erscheint er dir als langes Irrsinnslodern,
der Fahnenwind,
der mein Leben durchweht,
und entscheidest du dich,
mich auszusetzen, am Rand
des Herzens, in dem ich verwurzelt bin,
so bcdcnkc,
daß am selben Tag,
zur selben Stunde,
ich die Arme erhebe
und meine Wurzeln sich aufmachen,
einen anderen Boden zu suchen.

Doch wenn du
jeden Tag,
jede Stunde
empfindest, daß du für mich bestimmt bist,
mit unversiegbarer Süße,
wenn jeden Tag
eine Blüte aufsprießt zu deinen Lippen, um mich zu suchen,
ach, meine Liebe, ach, Meine,
so wiederholt sich in mir all dies Feuer,
und nichts erlischt in mir, nichts wird vergessen,
meine Liebe nährt sich von deiner Liebe, Geliebte,
und solange du lebst, wird sie in deinen Armen sein,
ohne die meinen zu verlassen.

El olvido

Todo el amor en una copa
ancha como la tierra, todo
el amor con estrellas y espinas
te di, pero anduviste
con pies pequeños, con tacones sucios
sobre el fuego, apagándolo.

Ay gran amor, pequeña amada!

No me detuve en la lucha.
No dejé de marchar hacia la vida,
hacia la paz, hacia el pan para todos,
pero te alcé en mis brazos
y te clavé a mis besos
y te miré como jamás
volverán a mirarte ojos humanos.

Ay gran amor, pequeña amada!

Entonces no mediste mi estatura,
y al hombre que para ti apartó
la sangre, el trigo, el agua
confundiste
con el pequeño insecto que te cayó en la falda.

Ay gran amor, pequeña amada!

No esperes que te mire en la distancia
hacia atrás, permanece
con lo que te dejé, pasea
con mi fotografía traicionada,
yo seguiré marchando,
abriendo anchos caminos contra la sombra, haciendo
suave la tierra, repartiendo
la estrella para los que vienen.

Das Vergessen

Die ganze Liebe in einem Becher
so weit wie die Welt, die ganze
Liebe mit Sternen und Stacheln
gab ich dir, aber du schrittest
mit kleinen Füßen, mit schmutzigen Absätzen
über das Feuer, tratest es aus.

Ach, große Liebe, kleine Geliebte!

Ich hielt nicht inne im Kampf,
stockte nicht auf dem Marsch zum Leben,
zum Frieden, zum Brot für alle,
aber ich hob dich empor in meinen Armen
und nagelte dich an meine Küsse
und schaute dich an, wie niemals
Menschenaugen dich je wieder anschauen werden.

Ach, große Liebe, kleine Geliebte!

Damals ermaßest du nicht meine Statur,
und den Mann, der für dich aufsparte
das Blut, den Weizen, das Wasser,
verwechseltest du
mit dem kleinen Insekt, das dir in den Schoß gefallen.

Ach, große Liebe, kleine Geliebte!

Erwarte nicht, daß ich nach dir zurückschaue
aus der Ferne. Verharre du bei dem,
was ich dir hinterließ, und geh spazieren
mit meinem verratenen Foto.
Ich werde weitermarschieren,
werde ins Dunkel breite Wege schlagen,
werde die Erde sanft machen und
den Stern austeilen denen, die da kommen.

Quédate en el camino.
Ha llegado la noche para ti.
Tal vez de madrugada
nos veremos de nuevo.

Ay gran amor, pequeña amada!

Las muchachas

Muchachas que buscabais
el gran amor, el gran amor terrible,
qué ha pasado, muchachas?

Tal vez
el tiempo, el tiempo!

Porque ahora,
aquí está, ved cómo pasa
arrastrando las piedras celestes,
destrozando las flores y las hojas,
con un ruido de espumas azotadas
contra todas las piedras de tu mundo,
con un olor de esperma y de jazmines,
junto a la luna sangrienta!

Y ahora
tocas el agua con tus pies pequeños,
con tu pequeño corazón
y no sabes qué hacer!

Son mejores
ciertos viajes nocturnos,
ciertos departamentos,
ciertos divertidísimos paseos,

Bleib hocken auf dem Weg.
Nacht ist für dich gekommen.
Vielleicht in der Morgenfrühe
sehen wir uns von neuem.

Ach, große Liebe, kleine Geliebte!

Die Mädchen

Mädchen, die ihr die große
Liebe suchtet, die große schreckliche Liebe,
was ist gewesen, was ging vorbei?

Vielleicht
die Zeit, die Zeit!

Denn jetzt,
hier ist sie, schaut, wie sie vorbeigeht,
fortschleift die Himmelssteine,
die Blüten zerfetzt und die Blätter,
mit einem Rauschen gepeitschten Gischtes,
brandend gegen alle Steine deiner Welt,
mit einem Geruch von Sperma und Jasminen,
dicht beim blutigen Mond!

Und jetzt
berührst du das Wasser mit deinen kleinen Füßen,
mit deinem kleinen Herzen
und weißt nicht, was tun!

Besser sind
gewisse nächtliche Fahrten,
gewisse Abteile,
gewisse amüsante Bummelgänge,

ciertos bailes sin mayor consecuencia
que continuar el viaje!

Muérete de miedo o de frío,
o de duda,
que yo con mis grandes pasos
la encontraré,
dentro de ti
o lejos de ti,
y ella me encontrará,
la que no temblará frente al amor,
la que estará fundida
conmigo
en la vida o la muerte!

Tú venías

No me has hecho sufrir
sino esperar.

Aquellas horas
enmarañadas, llenas
de serpientes,
cuando
se me caía el alma y me ahogaba,
tú venías andando,
tú venías desnuda y arañada,
tú llegabas sangrienta hasta mi lecho,
novia mía,
y entonces
toda la noche caminamos
durmiendo
y cuando despertamos
eras intacta y nueva,

gewisse Tänze ohne größere Folgen,
besser als immer weiter auf der Reise sein!

Stirb vor Angst oder Kälte,
oder vor Zweifel,
denn ich mit meinen großen Schritten
werde sie finden,
in dir
oder fern von dir,
und sie wird mich finden,
sie, die nicht zittern wird vor der Liebe,
die verschmolzen sein wird
mit mir
im Leben oder im Tod!

Du kamst

Nicht leiden hast du mich gemacht,
sondern hoffen.

Damals in den Stunden
der Wirrnis, voller
Schlangen,
als der Mut
mir niedersank und ich ertrank,
kamst du gegangen,
kamst du nackt und zerschunden,
gelangtest blutend bis an mein Bett,
meine Braut,
und da
waren wir die ganze Nacht unterwegs,
schlafend,
und als wir erwachten,
warst du unversehrt und neu,

como si el grave viento de los sueños
de nuevo hubiera dado
fuego a tu cabellera
y en trigo y plata hubiera sumergido
tu cuerpo hasta dejarlo deslumbrante.

Yo no sufrí amor mío,
yo sólo te esperaba.
Tenias que cambiar de corazón
y de mirada
después de haber tocado la profunda
zona de mar que te entregó mi pecho.
Tenías que salir del agua
pura como una gota levantada
por una ola nocturna.

Novia mía, tuviste
que morir y nacer, yo te esperaba.
Yo no sufrí buscándote,
sabía que vendrías,
una nueva mujer con lo que adoro
de la que no adoraba,
con tus ojos, tus manos y tu boca
pero con otro corazón
que amaneció a mi lado
como si siempre hubiera estado allí
para seguir conmigo para siempre.

als hätte der heftige Wind der Träume
frisch entfacht
das Feuer deines Haars
und in Weizen und Silber getaucht
deinen Körper, bis er schimmernd erstrahlte.

Ich hab nicht gelitten, meine Liebe,
ich wartete nur auf dich.
Anders werden mußten dir
Herz und Blick,
nachdem du in Berührung gekommen
mit der tiefen Meereszone, die meine Brust dir darbot.
Hervorgehn mußtest du aus dem Wasser,
rein wie ein Tropfen,
den eine nächtliche Woge auswirft.

Meine Braut, du mußtest
sterben und geboren werden, ich wartete auf dich.
Ich litt nicht, dich suchend,
ich wußte, du würdest kommen,
eine neue Frau, mit dem, was ich verehre
an der, die ich nicht verehrte,
mit deinen Augen, deinen Händen und deinem Mund,
doch mit einem anderen Herzen,
das aufging an meiner Seite,
als wäre es immer dort gewesen,
um mich zu begleiten für immer.

El monte y el río

En mi patria hay un monte.
En mi patria hay un río.

Ven Conmigo.

La noche al monte sube.
El hambre baja al río.

Ven Conmigo.

Quiénes son los que sufren?
No sé, pero son míos.

Ven Conmigo.

No sé, pero me llaman
y me dicen: »Sufrimos«.

Ven Conmigo.

Y me dicen: »Tu pueblo,
tu pueblo desdichado,
entre el monte y el río,
con hambre y con dolores,
no quiere luchar solo,
te está esperando, amigo«.

Oh tú, la que yo amo,
pequeña, grano rojo
de trigo,
será dura la lucha,
la vida será dura,
pero vendrás conmigo.

ALLES LEBEN

Der Berg und der Fluß

In meiner Heimat gibt es einen Berg.
In meiner Heimat gibt es einen Fluß.

Komm mit.

Die Nacht steigt den Berg hinauf.
Der Hunger steigt zum Fluß hinunter.

Komm mit.

Wer sind die, die dort leiden?
Ich weiß nicht, aber sie gehören zu mir.

Komm mit.

Ich weiß nicht, aber sie rufen mich
und sagen mir: »Wir leiden.«

Komm mit.

Und sie sagen mir: »Dein Volk,
dein unglückliches Volk,
zwischen dem Berg und dem Fluß,
voll Hunger und voller Schmerzen,
möchte nicht einsam kämpfen,
es wartet, Freund, auf dich.«

O du, die ich liebe,
Kleine, rotes Korn
der Weizenähre,
hart wird der Kampf sein,
das Leben wird hart sein,
doch du kommst mit.

La pobreza

Ay no quieres,
te asusta
la pobreza,
no quieres
ir con zapatos rotos al mercado
y volver con el viejo vestido.

Amor, no amamos,
como quieren los ricos,
la miseria. Nosotros
la extirparemos como diente maligno
que hasta ahora ha mordido el corazón del hombre.

Pero no quiero
que la temas.
Si llega por mi culpa a tu morada,
si la pobreza expulsa
tus zapatos dorados,
que no expulse tu risa que es el pan de mi vida.
Si no puedes pagar el alquiler
sal al trabajo con paso orgulloso,
y piensa, amor, que yo te estoy mirando
y somos juntos la mayor riqueza
que jamás se reunió sobre la tierra.

Die Armut

Ach, du magst sie nicht,
dich erschreckt
die Armut,
du magst nicht
mit zerrissenen Schuhen auf den Markt gehn
und heimkommen mit deinem alten Kleid.

Liebe, wir lieben nicht,
wie es die Reichen möchten,
das Elend. Nein, wir werden es ausrotten,
es ausreißen wie einen üblen Zahn,
der bis heute das Herz des Menschen plagt.

Aber ich will nicht,
daß du die Armut fürchtest.
Kommt sie, durch meine Schuld, zu deiner Wohnung,
fegt sie dir deine goldnen Schuhe fort,
soll sie nicht fortfegen dein Lachen, das mir das Brot des
Lebens ist.
Kannst du die Miete nicht bezahlen,
geh zur Arbeit mit stolzem Schritt
und denk, Liebe, daran, daß ich dich sehe
und wir zu zweit der größte Reichtum sind,
der je auf der Erde zusammenkam.

Las vidas

Ay qué incómoda a veces
te siento
conmigo, vencedor entre los hombres!

Porque no sabes
que conmigo vencieron
miles de rostros que no puedes ver,
miles de pies y pechos que marcharon conmigo,
que no soy,
que no existo,
que sólo soy la frente de los que van conmigo,
que soy más fuerte
porque llevo en mí
no mi pequeña vida
sino todas las vidas,
y ando seguro hacia adelante
porque tengo mil ojos,
golpeo con peso de piedra
porque tengo mil manos
y mi voz se oye en las orillas
de todas las tierras
porque es la voz de todos
los que no hablaron,
de los que no cantaron
y cantan hoy con esta boca
que a ti te besa.

Alles Leben

Ach, wie unbehaglich, fühle ich,
ist es dir manchmal
bei mir, Sieger unter den Männern!

Denn du weißt nicht,
daß mit mir Tausende von Gesichtern siegten,
die du nicht sehen kannst,
Tausende von Füßen, die Brust von Tausenden, die mit mir marschierten,
daß ich nicht bin,
daß ich nicht existiere,
daß ich nur die Stirn derer bin, die mit mir gehn,
daß ich stärker bin,
weil ich in mir
nicht mein kleines Leben,
sondern alles Leben trage,
und sicher schreite ich vorwärts,
weil ich tausend Augen habe,
mein Schlag hat die Schwere des Steinblocks,
weil ich tausend Hände habe,
und meine Stimme hört man
an den Ufern aller Länder,
denn es ist die Stimme von allen,
die bisher stumm gewesen,
die bisher nicht gesungen
und heute singen mit diesem Mund,
der dich küßt.

La bandera

Levántate conmigo.

Nadie quisiera
como yo quedarse
sobre la almohada en que tus párpados
quieren cerrar el mundo para mi.
Allí también quisiera
dejar dormir mi sangre
rodeando tu dulzura.

Pero levántate,
tú, levántate,
pero conmigo levántate
y salgamos reunidos
a luchar cuerpo a cuerpo
contra las telarañas del malvado,
contra el sistema que reparte el hambre,
contra la organización de la miseria.

Vamos,
y tú, mi estrella, junto a mí,
recién nacida de mi propia arcilla,
ya habrás hallado el manantial que ocultas
y en medio del fuego estarás
junto a mí,
con tus ojos bravíos,
alzando mi bandera.

Die Fahne

Steh auf mit mir.

Niemand würde so gern
wie ich dableiben
auf dem Kissen, wo deine Lider
die Welt einschließen wollen für mich.
Gern auch würde ich
einschlafen lassen mein Blut,
hier, wo es deine Anmut umströmt.

Doch steh auf,
du, steh auf,
mit mir steh auf,
und laß uns gemeinsam hinaus gehn
zum Kampf, Mann gegen Mann,
gegen die Spinngewebe des Verruchten,
gegen das System, das den Hunger austeilt,
gegen die Organisation des Elends.

Auf, gehn wir,
und du, mein Stern, bei mir,
eben geboren aus meinem eigenen Lehm,
wirst schon gefunden haben den Quell, den du birgst,
und inmitten des Feuers wirst du
bei mir sein,
mit deinen wilden Augen,
meine Fahne erhebend.

El amor del soldado

En plena guerra te llevó la vida
a ser el amor del soldado.

Con tu pobre vestido de seda,
tus uñas de piedra falsa
te tocó caminar por el fuego.

Ven acá, vagabunda,
ven a beber sobre mi pecho
rojo rocío.

No querías saber dónde andabas,
eras la compañera de baile,
no tenías partido ni patria.

Y ahora a mi lado caminando
ves que conmigo va la vida
y que detrás está la muerte.

Ya no puedes volver a bailar
con tu traje de seda en la sala.

Te vas a romper los zapatos,
pero vas a crecer en la marcha.

Tienes que andar sobre las espinas
dejando gotitas de sangre.

Bésame de nuevo, querida.

Limpia ese fusil, camarada.

Die Liebe des Soldaten

Mitten im Krieg ließ dich das Leben
zur Liebe des Soldaten werden.

Mit deinem armen Seidenkleid,
deinen Nägeln aus unechtem Stein,
solltest du plötzlich durchs Feuer gehen.

Komm her, Landstreicherin,
komm und trink an meiner Brust
roten Tau.

Du wolltest nicht wissen, was dein Weg ist,
du warst die Tanzgefährtin,
hattest weder Partei noch Vaterland.

Und jetzt, wo du an meiner Seite gehst,
siehst du, daß mit mir das Leben ist
und hinter mir der Tod.

Du kannst nicht mehr zurück zum Tanz
im Saal mit deinem Seidenkleid.

Du wirst dir die Schuhe kaputtmachen,
doch du wirst wachsen auf dem Marsch.

Du mußt über Dornen gehen,
Blutströpfchen hinterlassend.

Küß mich aufs neue, Geliebte.

Reinige das Gewehr dort, Genossin.

No sólo el fuego

Ay sí recuerdo,
ay tus ojos cerrados
como llenos por dentro de luz negra,
todo tu cuerpo como una mano abierta,
como un racimo blanco de la luna,
y el éxtasis,
cuando nos mata un rayo,
cuando un puñal nos hiere en las raíces
y nos rompe una luz la cabellera,
y cuando
vamos de nuevo
volviendo a la vida,
como si del océano saliéramos,
como si del naufragio
volviéramos heridos
entre las piedras y las algas rojas.

Pero
hay otros recuerdos,
no sólo flores del incendio,
sino pequeños brotes
que aparecen de pronto
cuando voy en los trenes
o en las calles.

Te veo
lavando mis pañuelos,
colgando en la ventana
mis calcetines rotos,
tu figura en que todo,
todo el placer como una llamarada
cayó sin destruirte,
de nuevo,
mujercita
de cada día,
de nuevo ser humano,

Nicht nur das Feuer

Ach, doch, ich erinnere mich,
ach, deine geschlossenen Augen,
wie innen von schwarzem Licht erfüllt,
dein ganzer Körper wie eine offene Hand,
wie eine weiße Traube vom Mond,
und die Verzückung,
wenn uns ein Blitzstrahl tötet,
wenn ein Dolch uns an den Wurzeln verletzt
und ein Licht uns das Haar durchbricht,
und wenn wir
von neuem gehen
zurück zum Leben,
als entstiegen wir dem Ozean,
als kämen wir vom Schiffbruch
vcrwundct hcim
zwischen den Steinen und roten Algen.

Aber
es gibt andere Erinnerungen,
nicht nur Blüten der Feuersbrunst,
sondern kleine Knospen,
die plötzlich erscheinen,
wenn ich in Zügen fahre
oder durch Straßen gehe.

Ich sehe dich,
wie du meine Taschentücher wäschst,
meine zerrissenen Socken
vors Fenster hängst,
deine Gestalt, in die alle,
alle Lust wie eine Lohe
fuhr, ohne dich zu zerstören,
aufs neue,
kleine Frau
im Alltag,
aufs neue ein menschliches Wesen,

humildemente humano,
soberbiamente pobre,
como tienes que ser para que seas
no la rápida rosa
que la ceniza del amor deshace,
sino toda la vida,
toda la vida con jabón y agujas,
con el aroma que amo
de la cocina que tal vez no tendremos
y en que tu mano entre las papas fritas
y tu boca cantando en invierno
mientras llega el asado
serían para mí la permanencia
de la felicidad sobre la tierra.

Ay vida mía,
no sólo el fuego entre nosotros arde,
sino toda la vida,
la simple historia,
el simple amor
de una mujer y un hombre
parecidos a todos.

La muerta

Si de pronto no existes,
si de pronto no vives,
yo seguiré viviendo.

No me atrevo,
no me atrevo a escribirlo,
si te mueres.

Yo seguiré viviendo.

demütig menschlich,
hochherzig arm,
wie du es sein mußt, damit du nicht
die flüchtige Rose bist,
welche die Asche der Liebe zerfallen läßt,
sondern das ganze Leben,
das ganze Leben mit Seife und Nadeln,
mit dem Geruch, den ich liebe,
aus der Küche, die wir vielleicht nicht haben werden
und in der deine Hand zwischen den Pommes frites
und dein Mund, singend im Winter,
während der Braten kommt,
für mich die Dauer
des Glücks auf der Erde wären.

Ach, mein Leben,
nicht nur das Feuer brennt zwischen uns,
sondern das ganze Leben,
die schlichte Geschichte,
die schlichte Liebe
einer Frau und eines Mannes,
die allen andern gleichen.

Die Tote

Wenn du plötzlich nicht mehr da bist,
wenn du plötzlich nicht mehr lebst,
werde ich weiterleben.

Ich wage es nicht,
wage es nicht zu schreiben:
wenn du stirbst.

Ich werde weiterleben.

Porque donde no tiene voz un hombre
allí, mi voz.

Donde los negros sean apaleados,
yo no puedo estar muerto.
Cuando entren en la cárcel mis hermanos
entraré yo con ellos.

Cuando la victoria,
no mi victoria,
sino la gran victoria
llegue
aunque esté mudo debo hablar:
yo la veré llegar aunque esté ciego.
No, perdóname.

Si tú no vives,
si
tú, querida, amor mío,
si tú
te has muerto,
todas las hojas caerán en mi pecho,
lloverá sobre mi alma noche y día,
la nieve quemará mi corazón,
andaré con frío y fuego y muerte y nieve,
mis pies querrán marchar hacia donde tú duermes,
pero
seguiré vivo,
porque tú me quisiste sobre todas las cosas
indomable,
y, amor, porque tú sabes que soy no sólo un hombre
sino todos los hombres.

Denn wo ein Mensch keine Stimme hat,
hier, meine Stimme.

Wo die Schwarzen geprügelt werden,
kann ich nicht tot sein.
Stecken sie meine Brüder ins Gefängnis,
gehe ich mit ihnen hinein.

Wenn der Sieg,
nicht mein Sieg,
sondern der große Sieg,
kommt,
muß ich, auch wenn ich stumm bin, reden:
ich werde ihn kommen sehen, auch wenn ich blind bin.
Nein, verzeih mir.

Wenn du nicht lebst,
wenn
du, Geliebte, meine Liebe,
wenn du
gestorben bist,
fallen alle Blätter in meiner Brust,
regnen wird's auf meine Seele Tag und Nacht,
der Schnee wird mein Herz verbrennen,
durch Frost und Feuer, Tod und Schnee werde ich gehen,
meine Füße werden dorthin wollen, wo du schläfst,
aber
ich werde weiterleben,
weil du vor allem von mir wolltest, daß ich
unbeugsam sei,
und, Liebe, weil du weißt, daß ich nicht ein Mensch nur
bin, sondern alle Menschen.

Pequeña América

Cuando miro la forma
de América en el mapa,
amor, a ti te veo:
las alturas del cobre en tu cabeza,
tus pechos, trigo y nieve,
tu cintura delgada,
veloces ríos que palpitan, dulces
colinas y praderas
y en el frío del sur tus pies terminan
su geografía de oro duplicado.

Amor, cuando te toco
no sólo han recorrido
mis manos tu delicia,
sino ramas y tierras, frutas y agua,
la primavera que amo,
la luna del desierto, el pecho
de la paloma salvaje,
la suavidad de las piedras gastadas
por las aguas del mar o de los ríos
y la espesura roja
del matorral en donde
la sed y el hambre acechan.
Y así mi patria extensa me recibe,
pequeña América, en tu cuerpo.

Aún más, cuando te veo recostada
veo en tu piel, en tu color de avena,
la nacionalidad de mi cariño.
Porque desde tus hombros
el cortador de caña
de Cuba abrasadora
me mira, lleno de sudor oscuro,
y desde tu garganta
pescadores que tiemblan
en las húmedas casas de la orilla

Kleines Amerika

Beschau ich auf der Karte
die Form Amerikas,
Liebe, so seh ich dich:
die Kupfergebirge auf deinem Haupt,
die Brüste, Schnee und Weizen,
dann deine schlanke Taille,
flinke Flüsse, pulsierend, sanfte
Hügel und Wiesen,
und im Frost des Südens schließen deine Füße
die Geographie zwiefachen Goldes.

Berühre ich dich, Liebe,
so gleiten meine Hände
nicht nur über den Liebreiz
von dir, auch über Zweige, Felder, Früchte,
Wasser, den Frühling, den ich
liebe, über den Mond der Wüste,
die Brust der wilden Taube,
über die Sanftheit abgenutzter Steine,
durch das Wasser des Meers oder der Flüsse
und das rötliche Dickicht
aus Buschwerk, wo der Durst giert
und wo der Hunger lauert.
Und so, kleines Amerika, empfängt mich
mein weites Heimatland auf deinem Körper.

Ja, sehe ich dich ruhen, ausgestreckt,
seh ich in deiner Haut, deiner Haferfarbe,
die Nationalität meiner Geliebten.
Von deinen Schultern schaut mich
an der Zuckerrohrschnitter
aus dem sengenden Kuba,
mit dunklem Schweiß bedeckt,
aus deiner Kehle singen
Fischer mir ihr Geheimnis,
zitternd in kalten, feuchten

me cantan su secreto.
Y así a lo largo de tu cuerpo,
pequeña América adorada,
las tierras y los pueblos
interrumpen mis besos
y tu belleza entonces
no sólo enciende el fuego
que arde sin consumirse entre nosotros,
sino que con tu amor me está llamando
y a través de tu vida
me está dando la vida que me falta
y al sabor de tu amor se agrega el barro,
el beso de la tierra que me aguarda.

Häusern am Meeresufer.
So entlang deinem Körper,
kleines Amerika, du, mein geliebtes,
unterbrechen die Länder
und Völker meine Küsse,
und deine Schönheit zündet
nicht nur das Feuer an,
das unauslöschlich zwischen uns brennt, sondern
auch das, welches mich ruft mit deiner Liebe
und durch dein Leben mich
mit dem Leben beschenkt, das mir gefehlt hat,
und zu dem Geschmack deiner Liebe fügt sich
der Lehm, der Kuß des Lands, das auf mich wartet.

I

El sabor de tu boca y el color de tu piel,
piel, boca, fruta mía de estos días veloces,
dímelo, fueron sin cesar a tu lado
por años y por viajes y por lunas y soles
y tierra y llanto y lluvia y alegría
o sólo ahora, sólo
salen de tus raíces
como a la tierra seca el agua trae
germinaciones que no conocía
o a los labios del cántaro olvidado
sube en el agua el gusto de la tierra?

No sé, no me lo digas, no lo sabes.
Nadie sabe estas cosas.
Pero acercando todos mis sentidos
a la luz de tu piel, desapareces,
te fundes como el ácido
aroma de una fruta
y el calor de un camino,
el olor del maíz que se desgrana,
la madreselva de la tarde pura,
los nombres de la tierra polvorienta,
el perfume infínito de la patria:
magnolia y matorral, sangre y harina,
galope de caballos,
la luna polvorienta de la aldea,
el pan recién nacido:
ay todo de tu piel vuelve a mi boca,
vuelve a mi corazón, vuelve a mi cuerpo,
y vuelvo a ser contigo
la tierra que tú eres:
eres en mí profunda primavera:
vuelvo a saber en ti cómo germino.

Ode und frisches Keimen

I

Der Geschmack deines Mundes, die Farbe deiner Haut,
Haut und Mund, meine Frucht dieser flüchtigen Tage,
sag mir, waren sie immer schon bei dir, während all der
Jahre und Reisen mit Monden und Sonnen,
Erde und Jammer und Regen und Freude,
oder jetzt erst, treiben
sie jetzt erst hervor aus deinen
Wurzeln, wie in verdorrter Erde Wasser
ein Keimen weckt, welches sie nie gekannt hat,
oder wie zu den Lippen aus dem vergessenen Krug
im Wasser aufsteigt der Erdgeschmack?

Ich weiß nicht, sag mir's nicht, du weißt es doch nicht.
Niemand weiß diese Dinge.
Aber all meine Sinne anziehend
zum Licht deiner Haut, entschwindest du,
vergehst wie der saure
Duft einer Frucht oder
die Wärme eines Weges,
der Geruch der Maisfrucht, wenn sie entkörnt wird,
die Geißblattranken unterm klaren Abend,
die Namen der staubbedeckten Erde,
der grenzenlose Hauch des Heimatlandes:
Magnolie und Macchiendickicht, Blut und Mehl,
jäher Galopp von Rossen,
der staubumwölkte Mond über dem Dorfe,
das frischgeborne Brot:
ach, alles kehrt von deiner Haut zurück mir
zum Mund, zu meinem Herzen, meinem Körper,
und zusammen mit dir werde ich wieder
zur Erde, die du bist:
du bist in mir ein gewaltiger Frühling:
in dir erfahr ich wieder, wie ich keime.

II

Años tuyos que yo debí sentir
crecer cerca de mí como racimos
hasta que hubieras visto cómo el sol y la tierra
a mis manos de piedra te hubieran destinado,
hasta que uva con uva hubieras hecho
cantar en mis venas el vino.
El viento o el caballo
desviándose pudieron
hacer que yo pasara por tu infancia,
el mismo cielo has visto cada día,
el mismo barro del invierno oscuro,
la enramada sin fin de los ciruelos
y su dulzura de color morado.
Sólo algunos kilómetros de noche,
las distancias mojadas
de la aurora campestre,
un puñado de tierra nos separó, los muros
transparentes
que no cruzamos, para que la vida,
después, pusiera todos
los mares y la tierra
entre nosotros, y nos acercáramos
a pesar del espacio,
paso a paso buscándonos,
de un océano a otro,
hasta que vi que el cielo se incendiaba
y volaba en la luz tu cabellera
y llegaste a mis besos con el fuego
de un desencadenado meteoro
y al fundirte en im sangre, la dulzura
del ciruelo salvaje
de nuestra infancia recibí en mi boca,
y te apreté a mi pecho como
si la tierra y la vida recobrara.

II

Jahre von dir, die ich hätte fühlen müssen,
wie sie wuchsen, nahe bei mir, gleich Trauben,
bis du endlich gesehen, daß die Sonne und die Erde
dich bestimmten für meine steinernen Hände,
bis du, Traube um Traube, in meinen Adern
den Wein zum Singen gebracht.
Der Wind oder das Pferd,
ein kurzes Abschweifen vom Weg, hätte
bewirken können, daß ich deine Kindheit durchquerte;
denselben Himmel hast du gesehen, Tag für Tag,
denselben Morast des schwarzgrauen Winters,
das unaufhörliche Laub der Pflaumenbäume
und ihre veilchenfarbene Süße.
Nur ein paar Kilometer Nacht,
die feuchten Weiten
der Morgenröte auf freiem Feld,
eine Handvoll Erde trennte uns, die durchsichtigen
Mauern,
die wir nicht durchschritten, damit das Leben,
später, alle Meere
und die Erde
zwischen uns legte, und wir uns näherkämen,
trotz der trennenden Ferne,
Schritt für Schritt uns suchend,
von einem Ozean zum andern,
bis ich sah, daß der Himmel sich entflammte
und im Licht deine Haare flogen,
und du kamst zu meinen Küssen mit dem Feuer
eines entfesselten Meteors
und ich, als du verschmolzest mit meinem Blut, die Süße
der wild gewachsenen Pflaume
unserer Kindheit empfing mit meinem Mund
und dich drückte an meine Brust, als ob ich
die Erde und das Leben zurückerlangte.

III

Mi muchacha salvaje, hemos tenido
que recobrar el tiempo
y marchar hacia atrás, en la distancia
de nuestras vidas, beso a beso,
recogiendo de un sitio lo que dimos
sin alegría, descubriendo en otro
el camino secreto
que iba acercando tus pies a los míos,
y así bajo mi boca
vuelves a ver la planta insatisfecha
de tu vida alargando sus raíces
hacia mi corazón que te esperaba.
Y una a una las noches
entre nuestras ciudades separadas
se agregan a la noche que nos une.
La luz de cada día
su llama o su reposo
nos entrega, sacándolos del tiempo,
y así se desentierra
en la sombra o la luz nuestro tesoro,
y así besan la vida nuestros besos:
todo el amor en nuestro amor se encierra:
toda la sed termina en nuestro abrazo.
Aquí estamos al fín frente a frente,
nos hemos encontrado,
no hemos perdido nada.
Nos hemos recorrido labio a labio,
hemos cambiado mil veces,
entre nosotros la muerte y la vida,
todo lo que traíamos
como muertas medallas
lo echamos al fondo del mar,
todo lo que aprendimos
no nos sirvió de nada:
comenzamos de nuevo,
terminamos de nuevo

III

Mein wildes Mädchen, zurückgewinnen
mußten wir die Zeit
und rückwärts wandern in die Ferne
unserer zwei Leben, Kuß um Kuß,
einsammeln wieder am einen Ort,
was wir freudlos hingegeben, entdecken
am andren Ort den geheimen Weg,
der deine Füße den meinen näherbrachte,
und so unter meinem Mund
siehst du wieder die unbefriedigte Pflanze
deines Lebens, die ihre Wurzeln ausstreckte
nach meinem Herzen, das dich erwartet hat.
Und eine um die andere schließen die Nächte
zwischen unseren getrennten Städten
sich zusammen mit der Nacht, die uns vereint.
Das Licht eines jeden Tages
schenkt uns seine Flamme oder seine Ruhe,
der Zeit sie entreißend,
und so wird ergraben
im Schatten oder im Licht unser Schatz,
und so küssen das Leben unsere Küsse:
alle Liebe liegt umschlossen in unserer Liebe:
aller Durst hört auf in unserer Umarmung.
Hier sind wir endlich Auge in Auge,
wir haben uns gefunden,
nichts haben wir verloren.
Lippe für Lippe haben wir uns durchlaufen,
haben tausendmal unter uns getauscht
den Tod und das Leben,
alles, was wir mitgebracht
wie tote Medaillen,
warfen wir hinab ins Meer,
alles, was wir gelernt,
nützte uns nichts:
wir begannen von neuem,
beendeten von neuem

muerte y vida.
Y aquí sobrevivimos,
puros, con la pureza que nosotros creamos,
más anchos que la tierra que no pudo extraviarnos,
eternos como el fuego que arderá
cuanto dure la vida.

IV

Cuando he llegado aquí se detiene mi mano.
Alguien pregunta: – Díme por qué, como las olas
en una misma costa, tus palabras
sin cesar van y vuelven a su cuerpo?
Ella es sólo la forma que tú amas?
Y respondo: mis manos no se sacian
en ella, mis besos no descansan,
por qué retiraría las palabras
que repiten la huella de su contacto amado,
que se cierran guardando
inútilmente como en la red el agua,
la superficie y la temperatura
de la ola más pura de la vida?
Y, amor, tu cuerpo no sólo es la rosa
que en la sombra o la luna se levanta,
o sorprendo o persigo.
No sólo es movimiento o quemadura,
acto de sangre o pétalo del fuego,
sino que para mí tú me has traído
mi territorio, el barro de mi infancia,
las olas de la avena,
la piel redonda de la fruta oscura
que arranqué de la selva,
aroma de maderas y manzanas,
color de agua escondida donde caen
frutos secretos y profundas hojas.
Oh amor, tu cuerpo sube

Tod und Leben.
Und hier überlebten wir,
rein, mit der Reinheit, die wir erschaffen,
weiter als die Erde, die uns nicht abbringen konnte,
ewig wie das Feuer, das brennen wird,
solange das Leben dauert.

IV

An diesen Punkt gelangt, stockt mir die Hand.
Jemand fragt: Warum, sag, drängen wie Wellen
ein und derselben Küste deine Worte in ständigem
Hin und Her unablässig zu dem Körper von ihr?
Ist sie nur die Gestalt, welche du liebst?
Und ich gebe zur Antwort: Meine Hände
werden ihrer nie satt, und meine Küsse
rasten nicht – warum sollte ich da meinen
Worten wehren, die immer neu der Fährte
geliebter Fühlung folgen und vergeblich,
wie in dem Netz das Wasser, fassen wollen
die Oberfläche und Temperatur
dieser lautersten Welle allen Lebens?
Und, Liebe, dein Leib ist nicht nur die Rose,
die im Dunkel oder im Mondlicht aufgeht,
die ich jählings entdeckte, rastlos suche.
Er ist nicht nur Bewegung oder Brandspur,
Bluttat oder des Feuers Blütenblatt,
denn du warst es, die mir mein
Land gebracht hat, den Lehmgrund meiner Kindheit,
den Wogengang des Hafers,
die rundliche Haut der dunklen Frucht,
die ich im Urwald pflückte,
Duft von Hölzern und Äpfeln,
Farbe verborgnen Wassers, wo geheime
Früchte und Blätter in die Tiefe sinken.
Liebe, dein Leib erhebt sich

como una línea pura de vasija
desde la tierra que me reconoce
y cuando te encontraron mis sentidos
tú palpitaste como si cayeran
dentro de ti la lluvia y las semillas!
Ay que me digan cómo
pudiera yo abolirte
y dejar que mis manos sin tu forma
arrancaran el fuego a mis palabras!
Suave mía, reposa
tu cuerpo en estas líneas que te deben
más de lo que me das en tu contacto,
vive en estas palabras y repite
en ellas la dulzura y el incendio,
estremécete en medio de sus sílabas,
duerme en mi nombre como te has dormido
sobre mi corazón, y así mañana
el hueco de tu forma
guardarán mis palabras
y el que los oiga un día recibirá una ráfaga
de trigo y amapolas:
estará todavía respirando
el cuerpo del amor sobre la tierra!

V

Hilo de trigo y agua,
de cristal o de fuego,
la palabra y la noche,
el trabajo y la ira,
la sombra y la ternura,
todo lo has ido poco a poco cosiendo
a mis bolsillos rotos,
y no sólo en la zona trepidante
en que amor y martirio son gemelos
como dos campanas de incendio,

wie eines Kruges klare Kontur von der
Erde, die mich erkennt,
und während meine Sinne dich entdeckten,
schaudertest du, als fielen
drinnen in dir der Regen und die Samen!
Ach, man sage mir doch,
wie ich loskommen könnte von dir, und es
lassen, daß meine Hände, ohne deine
Gestalt, Feuer entfachen aus den Worten!
Du meine Sanfte, schmiege
deinen Körper in diese Zeilen, die dir
mehr verdanken als das, was die Berührung
mit dir mir gibt, lebe in diesen Worten,
wiederhole in ihnen den Brand, die Süße,
und erschauere drinnen in den Silben,
schlafe in meinem Namen, wie du einschliefst
auf meinem Herzen, und so werden morgen
meine Worte bewahren
die Hohlform deines Leibes,
und wer sie später hört, fühlt einen Windstoß
voller Weizen und Klatschmohn:
noch wird er atmend dasein,
der Leib der Liebe, atmend auf der Erde!

V

Faden von Korn und Wasser,
von Kristall oder Feuer,
das Wort und auch die Nacht,
die Arbeit und den Zorn,
Dunkel und Zärtlichkeit,
alles hast du allmählich eingenäht in
meine zerfetzten Taschen,
und du hast mich erwartet, meine Liebe,
nicht nur dort, wo der Boden bebt, wo Liebe
und Martyrium Zwillingsschwestern sind,

me esperaste, amor mío,
sino en las más pequeñas
obligaciones dulces.
El aceite dorado de Italia hizo tu nimbo,
santa de la cocina y la costura,
y tu coquetería pequeñuela,
que tanto se tardaba en el espejo,
con tus manos que tienen
pétalos que el jazmín envidiaría
lavó los utensilios y mi ropa,
desinfectó las llagas.
Amor mío, a mi vida
llegaste preparada
como amapola y como guerrillera:
de seda el esplendor que yo recorro
con el hambre y la sed
que sólo para ti traje a este mundo,
y detrás de la seda
la muchacha de hierro
que luchará a mi lado.
Amor, amor, aquí nos encontramos.
Seda y metal, acércate a mi boca.

VI

Y porque amor combate
no sólo en su quemante agricultura,
sino en la boca de hombres y mujeres,
terminaré saliéndole al camino
a los que entre mi pecho y tu fragancia
quieran interponer su planta oscura.
De mí nada más malo
te dirán, amor mío
de lo que yo te dije.
Yo viví en las praderas
antes de conocerte

so wie zwei Feuerglocken,
nein, auch in den geringsten,
zärtlichen Tagespflichten.
Italiens goldnes Öl gab dir den Nimbus,
du Heilige des Nährtopfs und des Nähzeugs,
und deine Gefallsucht, die klitzekleine,
die so lang vor dem Spiegel brauchte, wusch mir
mit deinen Händen, deren
Blütenspitzen noch der Jasmin dir neidet,
das Geschirr und die Kleider,
desinfizierte mir die offnen Wunden.
Meine Liebe, du kamst
gerüstet in mein Leben,
als Mohn und als Partisanin:
von Seide ist der Glanz, den ich durcheile
mit dem Durst und dem Hunger,
den ich für dich auf die Welt gebracht hab,
und hinterm Seidenschimmer
das Mädchen aus Eisen, das kämpfen wird,
kämpfen an meiner Seite.
Liebe, Liebe, hier finden wir zusammen.
Seide und Metall, komm zu meinem Mund.

VI

Und weil Liebe kämpft nicht nur
auf eignem heißem Feld,
sondern im Mund auch von Männern und Frauen,
darum will ich denen entgegentreten,
die zwischen meine Brust und deinen Duft
ihre finstre Fußsohle setzen wollen.
Von mir können sie dir nichts Schlimmres sagen,
meine Liebe, als was ich
selber dir schon gesagt hab.
Ich tummelte mich auf der Weide, ehe
ich dich gekannt hab, und ich

y no esperé el amor sino que estuve
acechando y salté sobre la rosa.
Qué más pueden decirte?
No soy bueno ni malo sino un hombre,
y agregarán entonces el peligro
de mi vida, que conoces
y que con tu pasión has compartido.
Y bien, este peligro
es peligro de amor, de amor completo
hacia toda la vida,
hacia todas las vidas,
y si este amor nos trae
la muerte o las prisiones,
yo estoy seguro que tus grandes ojos,
como cuando los beso
se cerrarán entonces con orgullo,
con doble orgullo, amor,
con tu orgullo y el mío.
Pero hacia mis orejas vendrán antes
a socavar la torre
del amor dulce y duro que nos liga,
y me dirán: – »Aquella
que tú amas,
no es mujer para ti,
por qué la quieres? Creo
que podrías hallar una más bella,
más seria, más profunda,
más otra, tú me entiendes, mírala qué ligera,
y qué cabeza tiene,
y mírala cómo se viste
y etcétera y etcétera«.
Y yo en estas líneas digo:
así te quiero, amor,
amor, así te amo,
así como te vistes
y como se levanta
tu cabellera y como
tu boca se sonríe,
ligera como el agua

wartete nicht, ich lauerte auf Liebe,
stürzte mich auf die Rose.
Was sonst können sie sagen?
Ich bin nicht gut, nicht schlecht, sondern ein Mann.
Und dann werden sie reden, wie gefährlich
mein Leben sei – du kennst es,
hast es in Leidenschaft mit mir geteilt.
Nun gut, diese Gefahr
ist die Gefahr der Liebe, schrankenloser
Liebe zum ganzen Leben,
zu jedem Einzelleben,
und wenn uns diese Liebe
Tod oder Kerker einträgt,
weiß ich gewiß, daß deine großen Augen,
wie dann, wenn ich sie küsse,
sich schließen werden voller Stolz, erfüllt von
doppeltem Stolz, Geliebte,
von deinem Stolz und meinem.
Doch zuvor noch bedrängt man mir die Ohren,
den Turm zu unterhöhlen
der zarten, harten Liebe, die uns einigt.
Sie werden zu mir sagen:
»Die Person, die du liebst,
ist keine Frau für dich,
warum liebst du sie bloß?
Du könntest, glaube ich, eine schönre finden,
eine ernstere, meine ich, eine mit mehr Tiefe,
du verstehst schon, nicht so leichtfertig,
schau doch, was sie für einen Kopf hat,
und überhaupt, wie die sich
anzieht, schau« – und so weiter.
Und ich, in diesen Zeilen,
sage: So mag ich dich,
so liebe ich dich, Liebe,
so, wie du dich gern anziehst,
und wie sich deine Mähne
aufbäumt, und wie dein Mund
lächelt, leicht und flink,
wie das Wasser des Quells

del manantial sobre las piedras puras,
así te quiero, amada.
Al pan yo no le pido que me enseñe
sino que no me falte
durante cada día de la vida.
Yo no sé nada de la luz, de dónde
viene ni dónde va,
yo sólo quiero que la luz alumbre,
yo no pido a la noche
explicaciones,
yo la espero y me envuelve,
y así tú, pan y luz
y sombra eres.
Has venido a mi vida
con lo que tú traías,
hecha
de luz y pan y sombra te esperaba,
y así te necesito,
así te amo,
y a cuantos quieran escuchar mañana
lo que no les diré, que aquí lo lean,
y retrocedan hoy porque es temprano
para estos argumentos.
Mañana sólo les daremos
una hoja del árbol de nuestro amor, una hoja
que caerá sobre la tierra
como si la hubieran hecho nuestros labios,
como un beso que cae
desde nuestras alturas invencibles
para mostrar el fuego y la ternura
de un amor verdadero.

über die reinen Steine rinnt,
so mag ich dich, Geliebte.
Vom Brot fordre ich nicht, mich zu belehren,
sondern daß es nicht ausgeht,
daß es mir niemals fehlt in meinem Leben.
Ich weiß gar nichts vom Licht, nicht, wo es herkommt,
und auch nicht, wo es hingeht,
ich will vom Licht nur eines: daß es leuchte;
ich will von der Nacht keine
Erklärungen,
ich erwarte ihr Kommen, sie umhüllt mich,
und so bist du mir Brot
und Licht und Dunkel.
Du bist gekommen in mein
Leben, mit allem, was du anhast,
als Wesen
aus Licht, Brot und Dunkel wollte ich
und brauche ich dich,
und so liebe ich dich,
und alle die, die morgen hören wollen,
was ich ihnen nicht sagen werde, sollen hier es lesen
und heute zurückstecken, denn es ist noch zu früh
für solches Urteil
Morgen werden wir ihnen
nur ein Blatt vom Baum unserer Liebe schenken, nur ein
Blatt, das zur Erde fällt,
als wär's erschaffen von unseren Lippen,
wie ein Kuß, der herabfällt
von unseren Höhen, unbezwingbaren Höhen,
um zu zeigen das Feuer und die Zartheit
einer wirklichen Liebe.

EPITALAMIO

Recuerdas cuando
en invierno llegamos a la isla?
El mar hacia nosotros levantaba
una copa de frío.
En las paredes las enredaderas
susurraban dejando
caer hojas oscuras
a nuestro paso.
Tú eras también una pequeña hoja
que temblaba en mi pecho.
El viento de la vida allí te puso.
En un principio no te vi; no supe
que ibas andando conmigo,
hasta que tus raíces
horadaron mi pecho,
se unieron a los hilos de mi sangre,
hablaron por mi boca,
florecieron conmigo.
Así fue tu presencia inadvertida,
hoja o rama invisible
y se pobló de pronto
mi corazón de frutos y sonidos.
Habitaste la casa
que te esperaba oscura
y encendiste las lámparas entonces.
Recuerdas, amor mío,
nuestros primeros pasos en la isla?
Las piedras grises nos reconocieron,
las rachas de la lluvia,
los gritos del viento en la sombra.
Pero fue el fuego
nuestro único amigo,
junto a él apretamos
el dulce amor de invierno
a cuatro brazos.

Hochzeitsgedicht

Weißt du noch, wie wir
im Winter auf die Insel kamen?
Das Meer hob uns entgegen
einen Pokal voll Kälte.
An den Wänden die Kletterpflanzen
wisperten und ließen
dunkle Blätter
uns vor die Füße fallen.
Auch du warst ein kleines Blatt,
das zitterte an meiner Brust.
Der Wind des Lebens hatte dich hingeweht.
Zuerst sah ich dich nicht; ich merkte nicht,
daß du mit mir gingst,
bis deine Wurzeln
meine Brust durchbohrten,
sich mit den Fäden meines Bluts vereinten,
sprachen aus meinem Mund,
mit mir erblühten.
So war deine unbemerkte Gegenwart,
unsichtbares Blatt oder Zweiglein,
und plötzlich erfüllte sich
mein Herz mit Früchten und Klängen.
Du bewohntest das Haus,
das dunkel dich erwartete,
und zündetest drin die Lampen an.
Weißt du noch, meine Liebe,
unsere ersten Gänge auf der Insel?
Die grauen Steine erkannten uns,
die Regenböen,
die Schreie des Windes in der Düsternis.
Aber das Feuer war
unser einziger Freund,
dicht bei ihm preßten wir
vierarmig
die süße Winterliebe.

El fuego vió crecer nuestro beso desnudo
hasta tocar estrellas escondidas,
y vió nacer y morir el dolor
como una espada rota
contra el amor invencible.
Recuerdas,
oh dormida en mi sombra,
cómo de ti crecía
el sueño,
de tu pecho desnudo
abierto con sus cúpulas gemelas
hacia el mar, hacia el viento de la isla
y cómo yo en tu sueño navegaba
libre, en el mar y en el viento
atado y sumergido sin embargo
al volumen azul de tu dulzura?
Oh dulce, dulce mía,
cambió la primavera
los muros de la isla.
Aparedó una flor como una gota
de sangre anaranjada,
y luego descargaron los colores
todo su peso puro.
El mar reconquistó su transparencia,
la noche en el cielo
destacó sus racimos
y ya todas las cosas susurraron
nuestro nombre de amor, piedra por piedra
dijeron nuestro nombre y nuestro beso.
La isla de piedra y musgo
resonó en el secreto de sus grutas
como en tu boca el canto,
y la flor que nacía
entre los intersticios de la piedra
con su secreta sílaba
dijo al pasar tu nombre
de planta abrasadora,
y la escarpada roca levantada
como el muro del mundo

Das Feuer sah wachsen unseren nackten Kuß,
bis er an verborgene Sterne rührte,
und sah den Schmerz zur Welt kommen und sterben,
wie ein zerbrochenes Schwert
gegen die unbesiegbare Liebe.
Weißt du noch,
o du, die schläft in meinem Schatten,
wie er aus dir erwuchs,
der Traum,
aus deiner nackten Brust
mit ihren Zwillingskuppeln,
offen zum Meer, zum Wind der Insel,
und wie ich frei dahinschiffte
in deinem Traum, im Meer und im Wind,
gefesselt dennoch und überflutet
von der blauen Klangfülle deiner Süße?
O Süße, meine Süße,
der Frühling verwandelte
die Mauern der Insel.
Es erschien eine Blüte wie ein Tropfen
orangegetönten Blutes,
und dann entluden die Farben
mit Wucht ihr reines Gewicht.
Das Meer errang aufs neue seine schimmernde Klarheit,
die Nacht am Himmel
ließ vortreten ihre Trauben,
und schon wisperten alle Dinge
unseren Liebesnamen, Stein um Stein
sagte unseren Namen und unseren Kuß.
Die Insel aus Stein und Moos
hallte wider im Geheimnis ihrer Grotten
wie in deinem Mund das Lied,
und die Blume, die zur Welt kam
aus den Ritzen im Gestein
mit ihrer geheimen Silbe,
sagte beim Vorübergehn deinen Namen,
den Namen einer brennenden Pflanze,
und der schroffe Fels, aufragend
wie die Wand der Welt,

reconoció mi canto, bienamada,
y todas las cosas dijeron
tu amor, mi amor, amada,
porque la tierra, el tiempo, el mar, la isla,
la vida, la marea,
el germen que entreabre
sus labios en la tierra,
la flor devoradora,
el movimiento de la primavera,
todo nos reconoce.
Nuestro amor ha nacido
fuera de las paredes,
en el viento,
en la noche,
en la tierra,
y por eso la arcilla y la corola,
el barro y las raíces
saben cómo te llamas,
y saben que mi boca
se juntó con la tuya
porque en la tierra nos sembraron juntos
sin que sólo nosotros lo supiéramos
y que crecemos juntos
y florecemos juntos
y por eso
cuando pasamos,
tu nombre está en los pétalos
de la rosa que crece en la piedra,
mi nombre está en las grutas.
Ellos todo lo saben,
no tenemos secretos,
hemos crecido juntos
pero no lo sabíamos.
El mar conoce nuestro amor, las piedras
de la altura rocosa
saben que nuestros besos florecieron
con pureza infinita,
cómo en sus intersticios una boca
escarlata amanece:

erkannte meinen Gesang, Geliebte,
und alle Dinge sagten
deine Liebe, meine Liebe, Geliebte,
denn die Erde, die Zeit, das Meer, die Insel,
das Leben, die Gezeiten,
der Keim, der seine Lippen
langsam öffnet in der Erde,
die heißhungrige Blüte,
die Bewegung des Frühlings,
alles erkennt uns.
Unsere Liebe ist geboren
außerhalb der Wände,
im Wind,
in der Nacht,
in der Erde,
und darum wissen der Lehm und die Blumenkrone,
der Schlamm und die Wurzeln,
wie du heißt,
und sie wissen, daß mein Mund
sich zusammentat mit deinem,
denn zusammen sind wir in die Erde gesät worden,
ohne daß auch nur wir selber dies wußten,
damit wir zusammen aufwachsen
und zusammen blühen,
und darum,
wenn wir vorbeigehn,
ist dein Name auf den Blütenblättern
der Rose, die im Stein wächst,
mein Name ist in den Grotten.
Sie wissen alles,
wir haben keine Geheimnisse,
zusammen sind wir gewachsen,
doch wir wußten es nicht.
Das Meer kennt unsere Liebe, die Steine
der Felsenhöhe
wissen, daß unsere Küsse
mit unendlicher Reinheit erblühten,
wie aus ihren Spalten
ein Scharlachmund erscheint:

así conocen nuestro amor y el beso
que reúnen tu boca y la mía
en una flor eterna.
Amor mía,
la primavera dulce,
flor y mar, nos rodean.
No la cambiamos
por nuestro invierno,
cuando el viento
comenzó a descifrar tu nombre
que hoy en todas las horas repite,
cuando
las hojas no sabían
que tú eras una hoja,
cuando
las raíces
no sabían que tú me buscabas
en mi pecho.
Amor, amor,
la primavera
nos ofrece el cielo,
pero la tierra oscura
es nuestro nombre,
nuestro amor pertenece
a todo el tiempo y la tierra.
Amándonos, mi brazo
bajo tu cuello de arena,
esperaremos
como cambia la tierra y el tiempo
en la isla,
como caen las hojas
de las enredaderas taciturnas,
como se va el otoño
por la ventana rota.
Pero nosotros
vamos a esperar
a nuestro amigo,
a nuestro amigo de ojos rojos,
el fuego,

so kennen sie unsere Liebe und den Kuß,
die deinen Mund vereinen mit dem meinen
in einer ewigen Blüte.
Meine Liebe,
der linde Frühling,
Blüte und Meer, umringen uns.
Wir tauschen ihn nicht
gegen unseren Winter,
wo der Wind
deinen Namen zu entziffern begann,
den er heute zu allen Stunden wiederholt,
wo die
Blätter nicht wußten,
daß du ein Blatt warst,
wo die
Wurzeln
nicht wußten, daß du mich suchtest
in meiner Brust.
Liebe, Liebe,
der Frühling
bietet uns den Himmel an,
aber die dunkle Erde
ist unser Name,
unsere Liebe gehört
der ganzen Zeit und der Erde.
Uns liebend, mein Arm
unter deinem sandigen Hals,
werden wir darauf warten,
wie die Erde sich wandelt und die Zeit
auf der Insel,
wie die Blätter
der verschwiegnen Kletterpflanzen fallen,
wie der Herbst
durchs zerbrochene Fenster entweicht.
Aber wir
werden warten
auf unseren Freund,
auf unseren Freund mit roten Augen,
das Feuer,

cuando de nuevo el viento
sacuda las fronteras de la isla
y desconozca el nombre
de todos,
el invierno
nos buscará, amor mío,
siempre,
nos buscará, porque lo conocemos,
porque no lo tememos,
porque tenemos
con nosotros
el fuego
para siempre.
Tenemos
la tierra con nosotros
para siempre,
la primavera con nosotros
para siempre,
y cuando se desprenda
de las enredaderas
una hoja
tú sabes, amor mío,
qué nombre viene escrito
en esa hoja,
un nombre que es el tuyo y es el mío,
nuestro nombre de amor, un solo
ser, la flecha
que atravesó el invierno,
el amor invencible,
el fuego de los días,
una hoja
que me cayó en el pecho,
una hoja del árbol
de la vida
que hizo nido y cantó,
que echó raíces,
que dió flores y frutos.
Y así ves, amor mío,
cómo marcho

wenn von neuem der Wind
an den Grenzen der Insel rüttelt
und den Namen von allen
nicht mehr kennt,
wird der Winter
uns suchen, meine Liebe,
immer
wird er uns suchen, weil wir ihn kennen,
weil wir ihn nicht fürchten,
weil wir
bei uns haben
das Feuer
für immer.
Wir haben
die Erde bei uns
für immer,
den Frühling bei uns
für immer,
und wenn sich
von den Kletterpflanzen
ein Blatt löst,
so weißt du, meine Liebe,
welcher Name
auf diesem Blatt steht,
ein Name, welcher deiner ist und meiner,
unser Liebesname, ein einziges
Wesen, der Pfeil,
der den Winter durchquerte,
die unbezwingliche Liebe,
das Feuer der Tage,
ein Blatt,
das mir auf die Brust fiel,
ein Blatt vom Baum
des Lebens,
das nistete und sang,
das Wurzeln trieb,
das Blüten und Früchte trug.
Und so siehst du, meine Liebe,
wie ich über die

por la isla,
por el mundo,
seguro en medio de la primavera,
loco de luz en el frío,
andando tranquilo en el fuego,
levantando tu peso
de pétalo en mis brazos,
como si nunca hubiera caminado
sino contigo, alma mía,
como si no supiera caminar
sino contigo,
como si no supiera cantar
sino cuando tú cantas.

Insel schreite,
über die Welt,
sicher inmitten des Frühlings,
lachend vor Lust am Licht im Frost,
ruhig durchs Feuer gehend,
dein Blütenblattgewicht
auf meinen Armen haltend,
als wäre ich nie gewandert,
außer mit dir, mein Herz,
könnte ich gar nicht wandern,
außer mit dir,
könnte ich gar nicht singen,
außer wenn du singst.

La carta en el camino

Adiós, pero conmigo
serás, irás adentro
de una gota de sangre que circule en mis venas
o fuera, beso que me abrasa el rostro
o cinturón de fuego en mi cintura.
Dulce mía, recibe
el gran amor que salió de mi vida
y que en ti no encontraba territorio
como el explorador perdido
en las islas del pan y de la miel.
Yo te encontré después
de la tormenta,
la lluvia lavó el aire
y en el agua
tus dulces pies brillaron como peces.

Adorada, me voy a mis combates.

Arañaré la tierra para hacerte una cueva
y allí tu Capitán
te esperará con flores en el lecho.
No pienses más, mi dulce,
en el tormento
que pasó entre nosotros
como un rayo de fósforo
dejándonos tal vez su quemadura.
La paz llegó también porque regreso
a luchar a mi tierra,
y como tengo el corazón completo
con la parte de sangre que me diste
para siempre,
y como
llevo
las manos llenas de tu ser desnudo,
mírame,

Der Brief von unterwegs

Lebwohl, doch du wirst bei mir
sein, wirst mitgehen, drinnen
in einem Tropfen Blut, der kreist in meinen Adern,
oder außen, als Kuß, der mir das Gesicht versengt,
oder als Feuergürtel, der meinen Leib umschließt.
Meine Süße, empfange
die große Liebe, die auszog aus meinem Leben
und die in dir kein Land für sich gefunden,
wie der Entdeckungsreisende, der hilflos umherirrte
auf den Inseln von Brot und Honig.
Ich fand dich dann
nach dem Unwetter,
der Regen wusch die Luft,
und im Wasser
erblinkten deine zarten Füße, blitzend wie Fische.

Angebetete du, ich zieh in meine Kämpfe.

Ich will die Erde aufscharren, dir eine Höhle graben,
und in der wird dein Kapitän
dich erwarten mit Blumen auf dem Lager.
Denk nicht mehr, meine Süße,
an die Qual,
die zwischen uns hindurchfuhr
wie ein Phosphorstrahl
und uns vielleicht ihr Brandmal hinterließ.
Der Friede kam auch deshalb, weil ich zurückgehe,
heim zum Kampf in mein Land,
und weil mein Herz erfüllt ist
von dem, was du an Blut mir gabst
für immer,
und weil
meine Hände
noch erfüllt sind von deinem nackten Sein,
sieh mich an,

mírame,
mírame por el mar, que voy radiante,
mírame por la noche que navego,
y mar y noche son los ojos tuyos.
No he salido de ti cuando me alejo.
Ahora voy a contarte:
mi tierra será tuya,
yo voy a conquistarla,
no sólo para dártela,
sino que para todos,
para todo mi pueblo.
Saldrá el ladrón de su torre algún día.
Y el invasor será expulsado.
Todos los frutos de la vida
crecerán en mis manos
acostumbrados antes a la pólvora.
Y sabré acariciar las nuevas flores
porque tú me enseñaste la ternura.
Dulce mía, adorada,
vendrás conmigo a luchar cuerpo a cuerpo
porque en mi corazón viven tus besos
como banderas rojas,
y si caigo, no sólo
me cubrirá la tierra
sino este gran amor que me trajiste
y que vivió circulando en mi sangre.
Vendrás conmigo,
en esa hora te espero,
en esa hora y en todas las horas,
en todas las horas te espero.
Y cuando venga la tristeza que odio
a golpear a tu puerta,
dile que yo te espero
y cuando la soledad quiera que cambies
la sortija en que está mi nombre escrito,
dile a la soledad que hable conmigo,
que yo debí marcharme
porque soy un soldado,
y que allí donde estoy,

sieh mich an,
sieh mich über das Meer hinziehen, strahlend,
sie mich in dieser Nacht, die ich durchschiffe,
und das Meer und die Nacht sind deine Augen.
Ich hab dich nicht verlassen, wenn ich fortgehe.
Jetzt will ich es dir sagen:
Mein Land wird deines sein,
ich werde es erobern,
nicht nur dir zum Geschenk,
nein, für alle,
für mein ganzes Volk.
Eines Tags wird der Räuber seinen Turm verlassen.
Und der Eindringling wird davongejagt.
Alle Früchte des Lebens
werden wachsen in meinen Händen,
die so lange ans Pulver gewöhnt waren.
Und ich werde die neuen Blüten streicheln können,
denn du hast mich die Zärtlichkeit gelehrt.
Meine Süße, Bewunderte, du wirst
mit mir ausziehn zum Kampf Mann gegen Mann,
denn in meinem Herzen leben deine Küsse
wie rote Fahnen,
und wenn ich falle, wird mich
nicht nur die Erde decken,
nein, auch die große Liebe, die du mir gebracht hast
und die kreisend in meinem Blute lebte.
Du wirst mit mir gehen,
in jener Stunde erwarte ich dich,
in jener Stunde und in allen Stunden,
in allen Stunden erwarte ich dich.
Und wenn die Traurigkeit kommt, die ich hasse,
wenn sie an deine Tür schlägt,
so sag ihr, daß ich auf dich warte;
und wenn die Einsamkeit dich drängt, den Ring
zu vertauschen, in dem mein Name steht,
so sag der Einsamkeit, daß sie an mich sich wende,
daß ich fortziehen mußte,
weil ich Soldat bin,
und daß ich dort, wo ich bin,

bajo la lluvia o bajo
el fuego,
amor mío, te espero,
te espero en el desierto más duro
y junto al limonero florecido:
en todas las partes donde esté la vida,
donde la primavera está naciendo,
amor mío, te espero.
Cuando te digan: »Este hombre
no te quiere«, recuerda
que mis pies están solos en esa noche, y buscan
los dulces y pequeños pies que adoro.
Amor, cuando te digan
que te olvidé, y aun cuando
sea yo quien lo dice,
cuando yo te lo diga,
no me creas,
quién y cómo podrían
cortarte de mi pecho
y quién recibiría
mi sangre
cuando hacia ti me fuera desangrando?
Pero tampoco puedo
olvidar a mi pueblo.
Voy a luchar en cada calle,
detrás de cada piedra.
Tu amor también me ayuda:
es una flor cerrada
que cada vez me llena con su aroma
y que se abre de pronto
dentro de mí como una gran estrella.

Amor mío, es de noche.

El agua negra, el mundo
dormido, me rodean.
Vendrá luego la aurora,
y yo mientras tanto te escribo
para decirte: »Te amo«.
Para decirte »Te amo«, cuida,

unter dem Regen oder
unter dem Feuer,
dich, du Liebe, erwarte,
dich, in der schlimmsten Wüste
und bei dem blühenden Zitronenbaum:
überall, wo das Leben ist,
wo der Frühling zur Welt kommt,
dort, meine Liebe, warte ich auf dich.
Wenn sie dir sagen: »Dieser Mann
liebt dich nicht«, so bedenk,
wie allein meine Füße heute nacht sind, und wie sie
die lieblich kleinen Füße suchen, die ich verehre.
Liebe, wenn sie dir sagen,
ich hätte dich vergessen, und selbst, wenn ich der wäre,
der dir dies sagt,
selbst wenn ich dir dies sagen würde,
glaube mir nicht.
Wer könnte, auf welche Weise, dich mir
aus der Brust schneiden?
Und wer würde mein Blut
auffangen,
wenn ich zu dir hin verblutete?
Aber ebensowenig
kann ich mein Volk vergessen.
Ich will kämpfen in jeder Gasse,
hinter jedem Stein.
Auch deine Liebe hilft mir:
sie ist eine geschlossene Blüte,
die mich immer mit ihrem Duft erfüllt
und die plötzlich sich öffnet
in mir, erstrahlend wie ein großer Stern.

Es ist Nacht, meine Liebe.

Schwarzes Wasser um gibt mich,
schlafversunkene Welt.
Irgendwann wird die Morgenröte kommen,
und ich schreib dir indessen,
um dir zu sagen: Dich liebe ich.
Um dir zu sagen: Dich liebe ich; hüte,

limpia, levanta,
defiende
nuestro amor, alma mía.
Yo te lo dejo como si dejara
un puñado de tierra con semillas.
De nuestro amor nacerán vidas.
En nuestro amor beberán agua.
Tal vez llegará un día
en que un hombre
y una mujer, iguales
a nosotros,
tocarán este amor y aún tendrá fuerza
para quemar las manos que lo toquen.
Quiénes fuimos? Qué importa?
Tocarán este fuego
y el fuego, dulce mía, dirá tu simple nombre
y el mío, el nombre
que tú sola supiste porque tú sola
sobre la tierra sabes
quién soy, y porque nadie me conoció como una,
como una sola de tus manos,
porque nadie
supo cómo, ni cuándo
mi corazón estuvo ardiendo:
tan sólo
tus grandes ojos pardos lo supieron,
tu ancha boca,
tu piel, tus pechos,
tu vientre, tus entrañas
y el alma tuya que yo desperté
para que se quedara
cantando hasta el fin de la vida.

Amor, te espero.

Adiós, amor, te espero.

Amor, amor, te espero.

reinige, richte auf,
verteidige
unsre Liebe, mein Herz.
Ich lasse sie in deiner Obhut, als hinterließe
ich eine Handvoll Erde voller Samen.
Aus unsrer Liebe werden Leben geboren werden.
In unsrer Liebe werden sie Wasser trinken.
Vielleicht kommt einst der Tag,
an dem ein Mann
und eine Frau,
genau wie wir zwei,
diese Liebe berühren, und sie hat noch die Kraft,
die Hände zu versengen, die dran rühren.
Wer wir beide gewesen? Was soll's?
Sie werden dieses Feuer berühren,
und das Feuer, du Süße, sagt deinen schlichten Namen
und den meinen, den Namen,
den du allein erfuhrst, denn du bist ja die einzige
auf der Erde, die weiß,
wer ich bin, und kein Mensch hat je mich so
gekannt wie eine deiner Hände,
denn niemand
erfuhr, wie oder wann
mein Herz entbrannte:
allein
deine großen braunen Augen erfuhren es,
dein breiter Mund,
deine Haut, deine Brüste,
dein Bauch, dein Eingeweide
und dein Herz, das ich weckte,
daß es von nun an singe,
immerzu singe, all dein Leben lang.

Liebe, ich warte auf dich.

Lebwohl, Liebe, ich warte auf dich.

Liebe, Liebe, ich warte auf dich.

Y así esta carta se termina
sin ninguna tristeza:
están firmes mis pies sobre la tierra,
mi mano escribe esta carta en el camino,
y en medio de la vida estaré
siempre
junto al amigo, frente al enemigo,
con tu nombre en la boca
y un beso que jamás
se apartó de la tuya.

Und so schließt dieser Brief
ganz ohne Traurigkeit:
Fest stehen meine Füße auf der Erde,
meine Hand schreibt diesen Brief unterwegs,
und solange ich lebe, werde ich
immer
an der Seite des Freundes stehen, dem Feind entgegen,
mit deinem Namen auf dem Mund
und einem Kuß, der niemals
sich getrennt hat von deinem.

20 Poemas de amor
y una canción desesperada
20 Liebesgedichte
und ein Lied der Verzweiflung

1924

I

Cuerpo de mujer, blancas colinas, muslos blancos,
te pareces al mundo en tu actitud de entrega.
Mi cuerpo de labriego salvaje te socava
y hace saltar el hijo del fondo de la tierra.

Fuí solo como un túnel. De mí huían los pájaros,
y en mí la noche entraba su invasión poderosa.
Para sobrevivirme te forjé como un arma,
como una flecha en mi arco, como una piedra en mi honda.

Pero cae la hora de la venganza, y te amo.
Cuerpo de piel, de musgo, de leche ávida y firme.
Ah los vasos del pecho! Ah los ojos de ausencia!
Ah las rosas del pubis! Ah tu voz lenta y triste!

Cuerpo de mujer mía, persistiré en tu gracia.
Mi sed, mi ansia sin límite, mi camino indeciso!
Oscuros cauces donde la sed eterna sigue,
y la fatiga sigue, y el dolor infinito.

II

En su llama mortal la luz te envuelve.
Absorta, pálida doliente, así situada
contra las viejas hélices del crepúsculo
que en torno a ti da vueltas.

Muda, mi amiga,
sola en lo solitario de esta hora de muertes
y llena de las vidas del fuego,
pura heredera del día destruido.

Die zwanzig Gedichte

I

Leib eines Weibes, weiße Hügel, weißblanke Schenkel,
du gleichst der Welt, so weit und willig, wie du dich hingibst.
Mein wilder Bauernkörper durchgräbt dich, unterhöhlt dich
und läßt das Kind entspringen aus der Tiefe der Erde.

Einsam war ich, ein Tunnel. Vor mir flohen die Vögel,
und Nacht brach in mich ein mit ihren Schattenmassen.
Mich selbst zu überleben, machte ich dich zur Waffe,
zum Pfeil für meinen Bogen, zum Stein für meine Schleuder.

Doch die Stunde der Rache ist gekommen. Ich liebe.
Dich, Leib aus Haut, aus Moos, aus Milch, prall vor Begierde.
Ah, die Becher der Brüste! Ah, die entrückten Augen!
Ah, die Rosen des Schambergs! Ah, deine matte Stimme!

Leib meines Weibes, niemals laß ich von deinem Liebreiz.
Mein Durst, endlose Sehnsucht, mein Weg ins Ungewisse!
Dunkle Flußrinnen, denen unaufhörlich der Durst folgt
und die Erschöpfung folgt und die Qual ohne Ende.

II

In seine Todeslohe hüllt dich das Licht.
Versunken, leidensblaß stehst du da, ausgesetzt
den alten Dunstspiralen der Abenddämmerung,
die kreisend dich umringt.

Stumm, meine Freundin,
einsam in all der Einsamkeit dieser Stunde voll Sterben
und erfüllt vom Leben des Feuers,
reine Erbin des zerstörten Tages.

Del sol cae un racimo en tu vestido oscuro.
De la noche las grandes raíces
crecen de súbito desde tu alma,
y a lo exterior regresan las cosas en ti ocultas,
de modo que un pueblo pálido y azul
de ti recién nacido se alimenta.

Oh grandiosa y fecunda y magnética esclava
del círculo que en negro y dorado sucede:
erguida, trata y logra una creación tan viva
que sucumben sus flores, y llena es de tristeza.

III

Ah vastedad de pinos, rumor de olas quebrándose,
lento juego de luces, campana solitaria,
crepúsculo cayendo en tus ojos, muñeca,
caracola terrestre, en ti la tierra canta!

En ti los ríos cantan y mi alma en ellos huye
como tú lo desees y hacia donde tú quieras.
Márcame mi camino en tu arco de esperanza
y soltaré en delirio mi bandada de flechas.

En torno a mí estoy viendo tu cintura de niebla
y tu silencio acosa mis horas perseguidas,
y eres tú con tus brazos de piedra transparente
donde mis besos anclan y mi húmeda ansia anida.

Ah tu voz misteriosa que el amor tiñe y dobla
en el atardecer resonante y muriendo!
Así en horas profundas sobre los campos he visto
doblarse las espigas en la boca del viento.

Von der Sonne fällt eine Traube auf dein dunkles Kleid.
Die großen Wurzeln der Nacht
wachsen jählings aus deiner Seele,
und nach außen kehren zurück die Dinge, die in dir verborgen waren,
so daß ein bläßliches, blaues Volk,
eben aus dir geboren, sich von dir nährt.

O herrliche, fruchtbare, unwiderstehliche Sklavin
des Kreislaufs, der in Schwarz und Gold sich vollzieht:
emporgereckt erstrebt sie, erlangt sie eine Schöpfung, so lebensprall,
daß ihre Blüten fallen und sie voll Trauer ist.

III

Ach, das Föhrengewoge, Rauschen brechender Wellen,
langsames Spiel von Lichtern, einsames Glockenläuten,
Dämmerung, niedersinkend in deine Augen, Puppe,
Tritonshorn auf dem Festland, in dir ertönt die Erde!

In dir singen die Flüsse, und es flüchtet mit ihnen
mein Herz, wie du es möchtest und wohin auch dein Wunsch weist.
Markiere mir den Weg auf deinem Hoffnungsbogen,
und verzückt laß ich schwirren den Schwarm all meiner Pfeile.

Ich sehe mich umgeben von deinem Nebelgürtel,
und dein Schweigen bedrängt jetzt meine gehetzten Stunden,
du bist's, mit deinen Armen aus Stein, vom Licht durchschimmert,
wo meine Küsse ankern, mein feuchtes Sehnen nistet.

Ach, deine Rätselstimme, getönt, gebeugt von Liebe
in dem hallenden Dämmer des verendenden Abends!
So in Stunden der Tiefe sah ich auf Weizenfeldern
Ähren sich niederbeugen unter dem Mund des Windes.

IV

Es la mañana llena de tempestad
en el corazón del verano.

Como panuelos blancos de adiós viajan las nubes,
el viento las sacude con sus viajeras manos.

Innumerable corazón del viento
latiendo sobre nuestro silencio enamorado.

Zumbando entre los árboles, orquestal y divino,
como una lengua llena de guerras y de cantos.

Viento que lleva en rápido robo la hojarasca
y desvía las flechas latientes de los pájaros.

Viento que la derriba en ola sin espuma
y sustancia sin peso, y fuegos inclinados.

Se rompe y se sumerge su volumen de besos
combatido en la puerta del viento del verano.

V

Para que tú me oigas
mis palabras
se adelgazan a veces
como las huellas de las gaviotas en las playas.

Collar, cascabel ebrio
para tus manos, suaves como las uvas.

Y las miro lejanas mis palabras.
Más que mías son tuyas.
Van trepando en mi viejo dolor como las yedras.

IV

Sturmgeladen ist der Morgen
im Herzen des Sommers.

Wie weiße Abschiedstüchlein wallen die Wolken,
es schwenkt sie der Wind mit reisefiebrigen Händen.

Zahlloses Herz des Windes,
das pocht über unserem verliebten Schweigen.

Es braust zwischen den Bäumen, göttlich, wie ein Orchester,
wie eine Sprache voller Kriege und Gesänge.

Wind, der in raschem Raub das raschelnde Laub entführt
und die zuckenden Vogelpfeile aus ihrer Bahn wirft.

Wind, der es niederwirft als Welle ohne Gischt,
als Wucht des Schwerelosen, geducktes Flammenlodern.

Es birst und versinkt als Masse von Küssen,
zerschmettert an der Pforte des Sommerwindes.

V

Damit du mich erhörst,
machen sich meine Worte
manchmal so zart
wie die Spuren der Möwen auf dem Strand.

Halskette, trunknes Klimperglöckchen,
für deine Hände, sanft und glatt wie Weinbeeren.

Und ich sehe sie fern von mir, meine Worte.
Deine sind sie mehr als meine.
Sie klettern an meinem alten Schmerz empor wie Efeu.

Ellas trepan así por las paredes húmedas.
Eres tú la culpable de este juego sangriento.

Ellas están huyendo de mi guarida oscura.
Todo lo llenas tú, todo lo llenas.

Antes que tú poblaron la soledad que ocupas,
y están acostumbradas más que tú a mi tristeza.

Ahora quiero que digan lo que quiero decirte
para que tú las oigas como quiero que me oigas.

El viento de la angustia aún las suele arrastrar.
Huracanes de sueños aún a veces las tumban.
Escuchas otras voces en mi voz dolorida.
Llanto de viejas bocas, sangre de viejas súplicas.
Ámame, compañera. No me abandones. Sígueme.
Sígueme, compañera, en esa ola de angustia.

Pero se van tiñendo con tu amor mis palabras.
Todo lo ocupas tú, todo lo ocupas.

Voy haciendo de todas un collar infinito
para tus blancas manos, suaves como las uvas.

VI

Te recuerdo como eras en el último otoño.
Eras la boina gris y el corazón en calma.
En tus ojos peleaban las llamas del crepúsculo.
Y las hojas caían en el agua de tu alma.

Apegada a mis brazos como una enredadera,
las hojas recogían tu voz lenta y en calma.
Hoguera de estupor en que mi sed ardía.
Dulce jacinto azul torcido sobre mi alma.

An den feuchten Wänden klettern sie empor.
Du bist schuld an diesem blutigen Spiel.

Sie fliehen aus meinem finsteren Bau.
Alles erfüllst du, alles, alles.

Einst bevölkerten sie die Einsamkeit, die nun du bewohnst,
und sie sind mehr als du vertraut mit meiner Traurigkeit.

Jetzt will ich, daß sie sagen, was ich dir sagen will,
damit du sie so hörst, wie ich möchte, daß du mich hörst.

Der Wind der Angst reißt sie noch immer von hier nach dort.
Traumorkane werfen sie manchmal zu Boden.
Andre Stimmen vernimmst du in meiner gepeinigten Stimme.
Schluchzen von alten Mündern, Bluten von alten Bitten.
Liebe mich doch, Gefährtin. Verlaß mich nicht. Sei mit mir.
Sei mit mir, Gefährtin, in dieser Woge von Angst.

Doch langsam nehmen meine Worte die Farbe deiner Liebe an.
Alles besetzt du, alles, alles.

Ich werde aus allen eine endlose Kette machen
für deine weißen Hände, sanft und glatt wie Weinbeeren.

VI

Ich weiß noch, wie du warst im vergangenen Herbst.
Grau die Mütze; das Herz so still, als ob es schliefe.
In deinen Augen fochten Flammen des Abenddämmerns.
Und es fielen die Blätter ins Wasser deiner Tiefe.

Meine Arme umklammernd, warst du wie eine Winde,
die Blätter dämpften deine Stimme, als ob sie schliefe.
Lähmendes Loderfeuer, in dem mein Durst verbrannte.
Geknickte Hyazinthe, blau über meiner Tiefe.

Siento viajar tus ojos y es distante el otoño:
boina gris, voz de pájaro y corazón de casa
hacia donde emigraban mis profundos anhelos
y caían mis besos alegres como brasas.

Cielo desde un navío. Campo desde los cerros.
Tu recuerdo es de luz, de humo, de estanque en calma!
Más allá de tus ojos ardían los crepúsculos.
Hojas secas de otoño giraban en tu alma.

VII

Inclinado en las tardes tiro mis tristes redes
a tus ojos oceánicos.

Allí se estira y arde en la más alta hoguera
mi soledad que da vueltas los brazos como un náufrago.

Hago rojas señales sobre tus ojos ausentes
que olean como el mar a la orilla de un faro.

Sólo guardas tinieblas, hembra distante y mía,
de tu mirada emerge a veces la costa del espanto.

Inclinado en las tardes echo mis tristes redes
a ese mar que sacude tus ojos oceánicos.

Los pájaros nocturnos picotean las primeras estrellas
que centellean como mi alma cuando te amo.

Galopa la noche en su yegua sombría
desparramando espigas azules sobre el campo.

Ich fühle deine Augen reisen, fern ist der Herbst:
Graukappe, Vogelstimme, Herz wie ein Zuhause,
wohin meine geheimen Sehnsüchte emigrierten
und meine frohen Küsse wie rote Kohlen fielen.

Himmel, von einem Schiff aus. Saat, vom Felskamm gesehen.
Dein Bild in mir ist Licht, Dunst, ein Teich, als ob er schliefe!
Jenseits von deinen Augen flammten die Dämmerungen.
Dürre Blätter des Herbstes kreisten in deiner Tiefe.

VII

Gebeugt werfe ich abends meine elenden Netze aus
nach deinen Meeresaugen.

Dort reckt sich und verbrennt in himmelhohem Lodern
meine Einsamkeit, die mit den Armen um sich schlägt wie
ein Ertrinkender.

Rote Zeichen gebe ich über deinen abwesenden Augen,
die sich aufwerfen wie die See am Saum eines Leuchtturms.

Nichts als Finsternis bist du, Weib, mir fern und doch mein,
aus deinem Blick taucht zuweilen die Küste des Grauens auf.

Gebeugt werfe ich abends meine elenden Netze aus
in die Brandung, wo schlingernd deine Meeraugen treiben.

Nächtliche Vögel picken die ersten Sterne auf,
die erglitzern wie meine Seele, wenn ich dich liebe.

Es galoppiert die Nacht auf ihrer düstren Stute,
blaue Ähren über die öden Fluren verstreuend.

VIII

Abeja blanca zumbas – ebria de miel – en mi alma
y te tuerces en lentas espirales de humo.

Soy el desesperado, la palabra sin ecos,
el que lo perdió todo, y el que todo lo tuvo.

Última amarra, cruje en ti mi ansiedad última.
En mi tierra desierta eres la última rosa.

Ah silenciosa!

Cierra tus ojos profundos. Allí aletea la noche.
Ah desnuda tu cuerpo de estatua temerosa.

Tienes ojos profundos donde la noche alea.
Frescos brazos de flor y regazo de rosa.

Se parecen tus senos a los caracoles blancos.
Ha venido a dormirse en tu vientre una mariposa de sombra.

Ah silenciosa!

He aquí la soledad de donde estás ausente.
Llueve. El viento del mar caza errantes gaviotas.

El agua anda descalza por las calles mojadas.
De aquel árbol se quejan, como enfermos, las hojas.

Abeja blanca, ausente, aún zumbas en mi alma.
Revives en el tiempo, delgada y silenciosa.

Ah silenciosa!

VIII

Arglose Biene, trunken von Honig, summst du mir
durch die Seele und drehst dich in trägen Rauchspiralen.

Ich bin der Hoffnungslose, bin das Wort ohne Echo,
ich, der alles verlor und der alles besaß.

Letztes Ankertau du, in dir knirscht meine letzte Angst.
Auf meiner wüsten Erde bist du die letzte Rose.

Ach, Schweigsame du!

Schließ deine tiefen Augen. Dort rüttelt die Nacht mit den
Flügeln.
Ach, enthülle doch deinen furchtsamen Statuenleib.

Abgründige Augen hast du, in denen Dunkel flattert.
Taufrische Blütenarme und einen Rosenschoß.

Deine Brüste, sie gleichen den weißen Meeresmuscheln.
Auf deinen Lenden hat ein Schattenfalter sich niedergelassen
zum Schlaf.

Ach, Schweigsame du!

Sieh doch die Einsamkeit, der du so fern bist!
Es regnet. Meereswind jagt die schweifenden Möwen.

Das Wasser wandelt barfuß durch die verregneten Gassen.
Über den Baum da klagen, wie Kranke, seine Blätter.

Arglos, teilnahmslos, Biene, summst du noch durch mein Herz.
Du lebst auf mit der Zeit, immer zart und schweigsam.

Ach, Schweigsame du!

IX

Ebrio de trementina y largos besos,
estival, el velero de las rosas dirijo,
torcido hacia la muerte del delgado día,
cimentado en el sólido frenesí marino.

Pálido y amarrado a mi agua devorante
cruzo en el agrio olor del clima descubierto,
aún vestido de gris y sonidos amargos,
y una cimera triste de abandonada espuma.

Voy, duro de pasiones, montado en mi ola única,
lunar, solar, ardiente y frío, repentino,
dormido en la garganta de las afortunadas
islas blancas y dulces como caderas frescas.

Tiembla en la noche húmeda mi vestido de besos
locamente cargado de eléctricas gestiones,
de modo heroico dividido en sueños
y embriagadoras rosas practicándose en mí.

Aguas arriba, en medio de las olas externas,
tu paralelo cuerpo se sujeta en mis brazos
como un pez infinitamente pegado a mi alma
rápido y lento en la energía subceleste.

X

Hemos perdido aún este crepúsculo.
Nadie nos vió esta tarde con las manos unidas
mientras la noche azul caía sobre el mundo.

He visto desde mi ventana
la fiesta del poniente en los cerros lejanos.

IX

Trunken von Föhrenharz und langen Küssen,
lenk ich im Sommerlicht ein Segelschiff voll Rosen,
halte Kurs auf den Tod des dünn gewordnen Tages,
getragen von des Meeres stetig rasendem Toben.

Blaß und gekettet an mein gierig schlingendes Wasser,
kreuz ich im herben Ruch unter blankgefegtem Himmel,
grau gekleidet noch immer, umhüllt von bittren Klängen,
auf dem Haupte als Helmzier ein paar Fetzen von
Meerschaum.

Von Leidenschaft gehärtet, reitend auf meiner Woge,
schiffe ich mondhaft, sonnenhaft, glühend, voller Kühle,
schlaftrunken in dem Engpaß der glückseligen Inseln,
die so blank sind und lieblich wie morgenfrische Hüften.

In feuchter Nacht erschauert mein Gewand, bebend von
Küssen,
wahnwitzig aufgeladen mit elektrischen Kräften,
heroisch sich zerteilend in verwegene Träume
und berauschende Rosen, die in mir sich entfalten.

Auf den Wassern, umflossen von hohen Flankenwellen,
ergibt sich meinen Armen dein paralleler Körper,
wie ein Fisch, der für immer an meiner Seele haftet,
flink und gelassen, voller tiefseehimmlischer Tatkraft.

X

Auch diese Dämmerung haben wir verloren.
Niemand sah uns an diesem Abend, Hand in Hand,
während die blaue Nacht herabsank auf die Welt.

Von meinem Fenster aus sah ich
das Fest des Sonnenuntergangs auf den fernen Höhen.

A veces como una moneda
se encendía un pedazo de sol entre mis manos.

Yo te recordaba con el alma apretada
de esa tristeza que tú me conoces.

Entonces, dónde estabas?
Entre qué gentes?
Diciendo qué palabras?
Por qué se me vendrá todo el amor de golpe
cuando me siento triste, y te siento lejana?

Cayó el libro que siempre se toma en el crepúsculo,
y como un perro herido rodó a mis pies mi capa.

Siempre, siempre te alejas en las tardes
hacia donde el crepúsculo corre borrando estatuas.

XI

Casi fuera del cielo ancla entre dos montañas
la mitad de la luna.
Girante, errante noche, la cavadora de ojos.
A ver cuántas estrellas trizadas en la charca.

Hace una cruz de luto entre mis cejas, huye.
Fragua de metales azules, noches de las calladas luchas,
mi corazón da vueltas como un volante loco.

Niña venida de tan lejos, traída de tan lejos,
a veces fulgurece su mirada debajo del cielo.
Quejumbre, tempestad, remolino de furia,
cruza encima de mi corazón, sin detenerte.
Viento de los sepulcros acarrea, destroza, dispersa tu raíz
soñolienta.

Manchmal, wie eine Münze,
flammte ein Stück Sonne zwischen meinen Händen auf.

Ich dachte an dich, das Herz bedrückt
von jener Traurigkeit, die du an mir kennst.

Wo warst du da?
Unter welchen Leuten?
Was sprachst du?
Warum überkommt mich schlagartig die ganze Liebe,
wenn ich traurig bin und dich ferne fühle?

Das Buch entsank, nach dem man immer in der
  Dämmerung greift,
und wie ein verletzter Hund rollte mein Umhang sich vor
  meinen Füßen zusammen.

Immer, immer entfernst du dich abends,
wo Dämmerung hastend die Statuen verwischt.

XI

Fast außerhalb des Himmels, zwischen zwei hohen Bergen,
geht der Halbmond vor Anker.
Nacht, ruhlos kreisend, streunend, Totengräberin der Augen.
Sieh nur, wieviel zerstückte Sterne dort in der Pfütze.

Sie zeichnet mir ein Trauerkreuz zwischen die Brauen, flüchtet.
Schmiede blauer Metalle, Nächte lautlosen Kampfes,
mein Herz beginnt zu kreiseln wie ein verrücktes Lenkrad.

Ein Mädchen, hergekommen, hergebracht von sehr ferne,
zuweilen blitzt sein Blick auf, gleißend unter dem Himmel.
Gestöhn, Verwünschungsflut, Wirbelsturm irrer Wut,
rase über mein Herz hin, kreuz und quer, ohne Ende.
Wind aus den Totengrüften schwemmt her, zerfetzt,
  zerstreut deine schläfrige Wurzel.

Desarraiga los grandes árboles al otro lado de ella.
Pero tú, clara niña, pregunta de humo, espiga.
Era la que iba formando el viento con hojas
iluminadas.
Detrás de las montañas nocturnas, blanco lirio de
incendio,
ah nada puedo decir! Era hecha de todas las cosas.

Ansiedad que partiste mi pecho a cuchillazos,
es hora de seguir otro camino, donde ella no sonría.
Tempestad que enterró las campanas, turbio revuelo de
tormentas
para qué tocarla ahora, para qué entristecerla.

Ay seguir el camino que se aleja de todo,
donde no esté atajando la angustia, la muerte,
el invierno,
con sus ojos abiertos entre el rocío.

XII

Para mi corazón basta tu pecho,
para tu libertad bastan mis alas.
Desde mi boca llegará hasta el cielo
lo que estaba dormido sobre tu alma.

Es en ti la ilusión de cada día.
Llegas como el rocío a las corolas.
Socavas el horizonte con tu ausencia.
Eternamente en fuga como la ola.

He dicho que cantabas en el viento
como los pinos y como los mástiles.
Como ellos eres alta y taciturna.
Y entristeces de pronto, como un viaje.

Er entwurzelt die großen Bäume hinter ihr.
Aber du, lichtes Mädchen, Frage aus Dunsthauch, Ähre.
Tenne, die aus schimmernden Blättern der Wind zu bilden begann.
Hinter den nächtlichen Bergen, weiße Lilie lodernden Brandes,
ach, nichts kann ich sagen! Aus allen Dingen war sie gemacht.

Qual du, die mir die Brust mit Messerhieben gespalten,
Zeit ist es, einem andren Weg zu folgen, wo sie nicht lächelt.
Sturmwind, der die Glocken begrub, wüster Wirbel von Gewittern,
wozu sie jetzt berühren, wozu sie nun betrüben.

Ach, diesem Weg zu folgen, der sich entfernt von allem,
wo nicht die Angst den Schritt hemmt, nicht der Tod, nicht der Winter,
mit ihren offnen Augen durch den tauenden Morgen.

XII

Für mein Herz genügt deine Brust,
für deine Freiheit genügen meine Flügel.
Von meinem Mund gelangt bis zum Himmel,
was schlummerte auf deiner Seele.

In dir ist die Illusion eines jeden Tages.
Du kommst wie der Tau zu den Blumenkronen.
Du untergräbst den Horizont durch dein Fernsein.
Ewig auf der Flucht wie die Welle.

Du singst, so sagte ich, im Wind
wie die Föhren und wie die Masten.
Wie sie bist du hoch und schweigsam.
Und plötzlich wirst du traurig, wie eine Reise.

Acogedora como un viejo camino.
Te pueblan ecos y voces nostálgicas.
Yo desperté y a veces emigran y huyen
pájaros que dormían en tu alma.

XIII

He ido marcando con cruces de fuego
el atlas blanco de tu cuerpo.
Mi boca era una araña que cruzaba escondiéndose.
En ti, detrás de ti, temerosa, sedienta.

Historias que contarte a la orilla del crepúsculo,
muñeca triste y dulce, para que no estuvieras triste.

Un cisne, un árbol, algo lejano y alegre.
El tiempo de las uvas, el tiempo maduro y frutal.

Yo que viví en un puerto desde donde te amaba.
La soledad cruzada de sueño y de silencio.
Acorralado entre el mar y la tristeza.
Callado, delirante, entre dos gondoleros inmóviles.

Entre los labios y la voz, algo se va muriendo.
Algo con alas de pájaro, algo de angustia y de olvido.
Así como las redes no retienen el agua.
Muñeca mía, apenas quedan gotas temblando.
Sin embargo, algo canta entre estas palabras fugaces.
Algo canta, algo sube hasta mi ávida boca.
Oh poder celebrarte con todas las palabras de alegría.
Cantar, arder, huir, como un campanario en las manos de
un loco.
Triste ternura mía, qué te haces de repente?
Cuando he llegado al vértice más atrevido y frío
mi corazón se cierra como una flor nocturna.

Gastfreundlich wie ein alter Weg.
Dich bevölkern Echos und Stimmen der Sehnsucht.
Ich erwachte, und manchmal ziehn flüchtend fort
Vögel, die schliefen in deiner Seele.

XIII

Mit Feuerkreuzen markiert hab ich
den weißen Atlas deines Körpers.
Mein Mund war eine Spinne, die drüberlief verschlüpfte.
Auf dir, hinter dir, furchtsam, durstig.

Geschichten, die ich dir erzählen könnte am Ufer der Dämmerung,
traurige, süße Puppe, damit du nicht mehr traurig bist.

Ein Schwan, ein Baum, etwas Fernes und Fröhliches.
Die Zeit der Trauben, Zeit voller Reife und Frucht.

Ich, der in einem Hafen lebte, liebe dich von daher.
Die Einsamkeit, durchzogen von Traum und Schweigen.
Eingepfercht zwischen dem Meer und der Traurigkeit.
Wortlos, im Fieberwahn, zwischen zwei reglosen Gondolieri.

Zwischen Lippe und Stimme stirbt etwas dahin.
Etwas mit Vogelflügeln, etwas aus Angst und Vergessen.
So, wie die Netze das Wasser nicht halten können.
Meine Puppe, kaum ein paar Tropfen bleiben zitternd hängen.
Dennoch, etwas singt zwischen diesen flüchtigen Worten.
Etwas singt, etwas steigt auf bis zu meinem gierigen Mund.
Oh, dich feiern zu können mit allen Wörtern der Freude.
Singen, entflammen, fliehen, wie ein Glockenturm in den Händen eines Irren.
Meine traurige Zärtlichkeit, wie wird dir auf einmal?
Kaum hab ich den Gipfel der Kühnheit und Kühle erreicht,
da schließt sich mein Herz wie eine nächtliche Blüte.

XIV

Juegas todos los días con la luz del universo.
Sutil visitadora, llegas en la flor y en el agua.
Eres más que esta blanca cabecita que aprieto
como un racimo entre mis manos cada día.

A nadie te pareces desde que yo te amo.
Déjame tenderte entre guirnaldas amarillas.
Quién escribe tu nombre con letras de humo entre las
estrellas del sur?
Ah déjame recordarte cómo eras entonces, cuando aún no
existías.

De pronto el viento aúlla y golpea mi ventana cerrada.
El cielo es una red cuajada, de peces sombríos.
Aquí vienen a dar todos los vientos, todos.
Se desviste la lluvia.

Pasan huyendo los pájaros.
El viento. El viento.
Yo sólo puedo luchar contra la fuerza de los hombres.
El temporal arremolina hojas oscuras
y suelta todas las barcas que anoche amarraron al cielo.

Tú estás aquí. Ah tú no huyes.
Tú me responderás hasta el último grito.
Ovíllate a mi lado como si tuvieras miedo.
Sin embargo alguna vez corrió una sombra extraña por tus
ojos.

Ahora, ahora también, pequeña, me traes
madreselvas,
y tienes hasta los senos perfumados.

XIV

Alle Tage spielst du mit dem Licht des Weltalls.
Eine zarte Besucherin, kommst du herbei in der Blume, im
 Wasser.
Du bist mehr als das fahle Köpfchen, das ich täglich
wie eine Traube zwischen den Händen presse.

Anders bist du als alle, seitdem ich dich liebe.
Laß dich von mir auf ein Lager aus gelben Girlanden legen.
Wer schreibt deinen Namen mit Buchstaben aus Rauch
 zwischen die Sterne des Südens?
Ach, laß dich daran erinnern, wie du damals warst, als du
noch nicht existiertest.

Plötzlich heult der Wind und schlägt gegen mein
 geschlossenes Fenster.
Der Himmel ist ein Netz, wimmelnd von düsteren Fischen.
Hier rasseln alle Winde zusammen, alle.
Der Regen entblößt sich.

Flüchtend streichen die Vögel vorbei.
Der Wind. Der Wind.
Ich kann nur gegen die Kraft der Menschen kämpfen.
Der Sturm wirbelt dunkle Blätter zusammen
und reißt alle Barken los, die gestern abend am Himmel
 vertäut wurden.

Du bist hier. Ah, du fliehst nicht.
Du wirst mir antworten, bis zum letzten Schrei.
Kaure dich neben mir zusammen, als ob du Angst hättest.
Manchmal freilich huschte ein seltsamer Schatten durch
 deine Augen.

Jetzt, auch jetzt, meine Kleine, bringst du mir Blüten des
 Geißblatts,
und noch deine Brüste sind mit Duft benetzt.

Mientras el viento triste galopa matando mariposas
yo te amo, y mi alegría muerde tu boca de ciruela.

Cuánto te habrá dolido acostumbrarte a mí,
a mi alma sola y salvaje, a mi nombre que todos ahuyentan.
Hemos visto arder tantas veces el lucero besándonos los ojos
y sobre nuestras cabezas destorcerse los crepúsculos en
abanicos girantes.
Mis palabras llovieron sobre ti acariciándote.
Amé desde hace tiempo tu cuerpo de nácar soleado.
Hasta te creo dueña del universo.
Te traeré de las montañas flores alegres, copihues,
avellanas oscuras, y cestas silvestres de besos.

Quiero hacer contigo
lo que la primavera hace con los cerezos.

XV

Me gustas cuando callas porque estás como ausente,
y me oyes desde lejos, y mi voz no te toca.
Parece que los ojos se te hubieran volado
y parece que un beso te cerrara la boca.

Como todas las cosas están llenas de mi alma
emerges de las cosas, llena del alma mía.
Mariposa de sueño, te pareces a mi alma,
y te pareces a la palabra melancolía.

Me gustas cuando callas y estás como distante.
Y estás como quejándote, mariposa en arrullo.

Während der trübsinnige Wind im Galopp Schmetterlinge zerstampft,
liebe ich dich, und meine Freude beißt in deinen Pflaumenmund.

Wie mag es dir wehgetan haben, dich an mich zu gewöhnen,
an meine einsame, wilde Seele, an meinen Namen, den alle meiden.
So oft haben wir, uns die Augen küssend, gesehn, wie der Morgenstern erglühte
und über unseren Köpfen die Dämmerungen als kreisende Fächer sich entfalteten.
Meine Worte rannen herab auf dich, ein streichelnder Regen.
Seit langem liebte ich deinen Leib aus sonnenbeglänztem Perlmutt.
Ja, ich halte dich für die Herrin des Weltalls.
Aus den Bergen werde ich dir fröhliche Blumen bringen, Copihue-Winden,
dunkle Haselnüsse und Binsenkörbe voller Küsse.

Ich will mit dir machen,
was der Frühling mit den Kirschbäumen macht.

XV

Mir gefällt's, wenn du schweigst, als wärst du in der Ferne.
Du hörst mich dann, als käme mein Wort weither geflossen.
Deine Augen, so scheint es, sind heimlich fortgeflogen,
und ein Kuß hat, so scheint es, dir deinen Mund verschlossen.

Weil jedes Ding erfüllt ist vom Leben meiner Seele,
tauchst du auf aus den Dingen, erfüllt von meinem Wesen.
Ein Falter wie aus Träumen, ähnelst du meiner Seele,
und das Bild deines Daseins läßt das Wort Schwermut lesen.

Mir gefällt's, wenn du schweigst, als wärst du nicht zugegen.
Du bist dann wie ein Falter, weinend, daß man dich wiege.

Y me oyes desde lejos, y mi voz no te alcanza:
Déjame que me calle con el silencio tuyo.

Déjame que te hable también con tu silencio
claro como una lámpara, simple como un anillo.
Eres como la noche, callada y constelada.
Tu silencio es de estrella, tan lejano y sencillo.

Me gustas cuando callas porque estás como ausente.
Distante y dolorosa como si hubieras muerto.
Una palabra entonces, una sonrisa bastan.
Y estoy alegre, alegre de que no sea cierto.

XVI

Este poema es una paráfrasis del poema 30
de »El jardinero« de Rabindranath Tagore.

En mi cielo al crepúsculo eres como una nube
y tu color y forma son como yo los quiero.
Eres mía, eres mía, mujer de labios dulces
Y viven en tu vida mis infinitos sueños.

La lámpara de mi alma te sonrosa los pies,
el agrio vino mío es más dulce en tus labios,
oh segadora de mi canción de atardecer,
cómo te sienten mía mis sueños solitarios!

Eres mía, eres mía, voy gritando en la brisa
de la tarde, y el viento arrastra mi voz viuda.
Cazadora del fondo de mis ojos, tu robo
estanca como el agua tu mirada nocturna.

En la red de mi música estás presa, amor mío,
y mis redes de música son anchas como el cielo.
Mi alma nace a la orilla de tus ojos de luto.
En tus ojos de luto comienza el país del sueño.

Und du hörst mich von weitem, kein Laut kann dich berühren:
Laß drum, daß jetzt mein Schweigen in deinem Schweigen
liege.

Laß, daß ich zu dir rede mit deinem eignen Schweigen,
klar wie die stille Lampe, schlicht wie ein Fingerring.
Wie Nachtluft bist du, lautlos, von Lichtern überfunkelt.
Du schweigst mit Sternenstille, ein fernes, kleines Ding.

Du gefällst mir im Schweigen, denn da bist du wie ferne.
Entrückt, von Schmerz gezeichnet, als lägst du schon im
Grabe.
Es genügt mir ein Wort dann, ein Lächeln nur, ein kleines.
Und ich bin fröhlich, fröhlich, daß ich dich bei mir habe.

XVI

Dieses Gedicht ist eine Paraphrase des 30. Gedichtes in dem Band »Der Gärtner« von Rabindranath Tagore.

An meinem Dämmerhimmel bist du wie eine Wolke,
und deine Form und Farbe sind so, wie ich sie wünsche.
Du bist mein, bist die Meine, Frau mit lieblichen Lippen,
in deinem Leben leben meine maßlosen Träume.

Die Lampe meines Herzens rötet sanft deine Füße,
mein saurer Wein wird süßer, kommt er zu deinem Munde,
o Schnitterin des Liedes, das ich singe im Abend,
meine einsamen Träume wähnen, du wärst die Meine!

Du bist mein, bist die Meine, schreie ich in die Brise
des Dämmers, und die Strömung reißt die Stimme ins Dunkel.
Jägerin, Beute machend auf dem Grund meiner Augen,
hier ist gestaut wie Wasser der Nachtglanz deines Blickes.

Im Netz meines Gesanges bist du gefangen, Liebe,
und meines Sanges Netze sind so weit wie der Himmel.
Mein Herz keimt auf am Ufer deiner todschwarzen Augen.
In deinen Traueraugen beginnt das Land des Traumes.

XVII

Pensando, enredando sombras en la profunda soledad.
Tú también estás lejos, ah más lejos que nadie.
Pensando, soltando pájaros, desvaneciendo imágenes,
enterrando lámparas.

Campanario de brumas, qué lejos, allá arriba!
Ahogando lamentos, moliendo esperanzas sombrías,
molinero taciturno,
se te viene de bruces la noche, lejos de la ciudad.

Tu presencia es ajena, extraña a mí como una cosa.
Pienso, camino largamente, mi vida antes de ti.
Mi vida antes de nadie, mi áspera vida.
El grito frente al mar, entre las piedras,
corriendo libre, loco, en el vaho del mar.
La furia triste, el grito, la soledad del mar.
Desbocado, violento, estirado hacia el cielo.

Tú, mujer, qué eras allí, qué raya, qué varilla
de ese abanico inmenso? Estabas lejos como ahora.
Incendio en el bosque! Arde en cruces azules.
Arde, arde, llamea, chispea en árboles de luz.
Se derrumba, crepita. Incendio. Incendio.
Y mi alma baila herida de virutas de fuego.

Quién llama? Qué silencio poblado de ecos?
Hora de la nostalgia, hora de la alegría, hora de la soledad,
hora mía entre todas!
Bocina en que el viento pasa cantando.
Tanta pasión de llanto anudada a mi cuerpo.

XVII

In Gedanken verharrend, mich narrend mit
Schattengeflecht, in tiefer Einsamkeit.
Auch du bist ferne, ach, ferner als irgendwer.
In Gedanken verharrend, starrend nach Vögeln, die ich
fliegen lasse,
Lampen verscharrend.

Glockenturm aus Meerdunst, wie fern, dort droben!
Klagen zusammenkarrend, ertränkend, finstere
Hoffnungen mahlend,
schweigsamer Müller,
überkommt dich die Nacht, fern von der Stadt.

Deine Gegenwart ist mir fremd, seltsam wie ein Ding.
Ich durchdenke, durchwandere das Leben, das ich lebte,
eh du erschienst, eh irgendwer erschien, mein rauhes Leben.
Der Schrei im Angesicht der See, zwischen den Klippen,
der entfesselt hinausfährt, rasend im Meeresbrodem.
Die trübe Wut, der Schrei, die Einsamkeit des Meeres.
Unbändig, heftig, himmelwärts gebäumt.

Du, Weib, was warst du da, welcher Streif, welches Stäbchen
des ungeheuren Fächers? Du warst so fern wie jetzt.
Ein Brand im Wald! Er brennt, blau gespreizt das Geäst.
Er brennt, brennt, lodert, Funken sprühend aus Lichterbäumen.
Krachend bricht er zusammen. Feuersbrunst. Feuersbrunst.
Und meine Seele tanzt, versengt von Feuerspänen.

Wer ruft? Was für ein Schweigen, bevölkert von Echos?
Stunde des Heimwehs, Stunde der Freude, Stunde der
Einsamkeit,
meine Stunde, unter allen die meine!
Tritonshorn, das der Wind singend durchsaust.
Soviel schluchzende Leidenschaft, mit meinem Leib verflochten.

Sacudida de todas las raíces,
asalto de todas las olas!
Rodaba, alegre, triste, interminable, mi alma.

Pensando, enterrando lámparas en la profunda soledad.
Quién eres tú, quién eres?

XVIII

Aquí te amo.
En los oscuros pinos se desenreda el viento.
Fosforece la luna sobre las aguas errantes.
Andan días iguales persiguiéndose.

Se desciñe la niebla en danzantes figuras.
Una gaviota de plata se descuelga del ocaso.
A veces una vela. Altas, altas estrellas.

O la cruz negra de un barco.
Solo.
A veces amanezco, y hasta mi alma está húmeda.
Suena, resuena el mar lejano.

Este es un puerto.
Aquí te amo.

Aquí te amo y en vano te oculta el horizonte.
Te estoy amando aún entre estas frías cosas.
A veces van mis besos en esos barcos graves,
que corren por el mar hacia donde no llegan.

Ya me veo olvidado como estas viejas anclas.
Son más tristes los muelles cuando atraca la tarde.
Se fatiga mi vida inútilmente hambrienta.
Amo lo que no tengo. Estás tú tan distante.

Ein Rütteln an allen Wurzeln,
Ansturm von allen Wellen!
Fröhlich, traurig, unaufhörlich rollte fort meine Seele.

In Gedanken verharrend, Lampen verscharrend in tiefer
Einsamkeit.
Wer bist du, wer?

XVIII

Hier liebe ich dich.
In den finsteren Föhrenwipfeln kämmt sich der Wind.
Fahl erschimmert der Mond über den streunenden Wassern.
Tage, einer wie der andre, hetzen einander.

Der Nebel löst sich auf in tanzende Figuren.
Silbern schießt eine Möwe aus der sinkenden Sonne.
Hin und wieder ein Segel. Hohe, hohe Gestirne.

Oder das schwarze Kreuz einer Barke.
Allein.
Manchmal erwache ich und finde mich feucht bis auf die Seele.
Von weither Schall und Widerhall der See.

Dies ist ein Hafen.
Hier liebe ich dich.

Hier liebe ich dich, mag auch der Horizont dich verdecken.
Liebe dich immerzu, unter all den kalten Dingen.
Manchmal ziehn meine Küsse fort auf den schweren Schiffen,
die übers Meer enteilen, nach dort, wo keiner ankommt.

Ich sehe mich vergessen, wie jene alten Anker.
Trauriger sind die Molen, wenn dann der Abend anlegt.
Und mein Leben verzehrt sich, sinnlos gequält vom Hunger.
Liebend, was ich nicht habe. Denn du bist fern, so ferne.

Mi hastío forcejea con los lentos crepúsculos.
Pero la noche llega y comienza a cantarme.
La luna hace girar su rodaje de sueño.

Me miran con tus ojos las estrellas más grandes.
Y como yo te amo, los pinos en el viento,
quieren cantar tu nombre con sus hojas de alambre.

XIX

Niña morena y ágil, el sol que hace las frutas,
el que cuaja los trigos, el que tuerce las algas,
hizo tu cuerpo alegre, tus luminosos ojos
y tu boca que tiene la sonrisa del agua.

Un sol negro y ansioso se te arrolla en las hebras
de la negra melena, cuando estiras los brazos.
Tú juegas con el sol como con un estero
y él te deja en los ojos dos oscuros remansos.

Niña morena y ágil, nada hacia ti me acerca.
Todo de ti me aleja, como del mediodía.
Eres la delirante juventud de la abeja,
la embriaguez de la ola, la fuerza de la espiga.

Mi corazón sombrío te busca, sin embargo,
y amo tu cuerpo alegre, tu voz suelta y delgada.
Mariposa morena dulce y definitiva
como el trigal y el sol, la amapola y el agua.

Mein Überdruß ringt wütend mit zähen Dämmerungen.
Aber die Nacht rückt nahe und beginnt mir zu singen.
Und der Mond bringt sein Räderwerk der Träume nun in
Gang.

Mit deinen Augen schauen mich an die größten Sterne.
Und weil ich hier dich liebe, wollen im Wind die Föhren
nun deinen Namen singen mit ihrem Laub aus Stacheln.

XIX

Braunes, behendes Mädchen, die Sonne, die das Obst macht,
das Korn im Weizen härtet, den Tang zu Schleifen windet,
schuf deinen muntren Körper, deine strahlenden Augen
und den Mund mit dem Lächeln lichtüberspielten Wassers.

Eine nachtschwarze Sonne kuschelt sich in die Locken
deiner nachtschwarzen Mähne, wenn du die Arme breitest.
Und du spielst mit der Sonne, als wäre sie ein Bächlein,
und in den Augen läßt sie dir zwei tiefdunkle Gumpen.

Braunes, behendes Mädchen, nichts bringt mich, nichts dir
näher.
Alles drängt mich hinweg nur, von dir, vom hohen Mittag.
Du bist das frühlingstolle Schwärmen der jungen Biene,
die Trunkenheit der Welle, die Kraft der prallen Ähre.

Mein düstres Herz sucht dennoch dich, und ich liebe deinen
munteren Körper, deine linde, gelöste Stimme.
Brauner, flatternder Falter, lieblich und ewig gültig
wie Weizenfeld und Sonne, wie roter Mohn und Wasser.

XX

Puedo escribir los versos más tristes esta noche.

Escribir, por ejemplo: »La noche está estrellada,
y tiritan, azules, los astros, a lo lejos«.

El viento de la noche gira en el cielo y canta.

Puedo escribir los versos más tristes esta noche.
Yo la quise, y a veces ella también me quiso.

En las noches como ésta la tuve entre mis brazos.
La besé tantas veces bajo el cielo infinito.

Ella me quiso, a veces yo también la quería.
Cómo no haber amado sus grandes ojos fijos.

Puedo escribir los versos más tristes esta noche.
Pensar que no la tengo. Sentir que la he perdido.

Oír la noche inmensa, más inmensa sin ella.
Y el verso cae al alma como al pasto el rocío.

Qué importa que mi amor no pudiera guardarla.
La noche está estrellada y ella no está conmigo.

Eso es todo. A lo lejos alguien canta. A lo lejos.
Mi alma no se contenta con haberla perdido.

Como para acercarla mi mirada la busca.
Mi corazón la busca, y ella no está conmigo.

La misma noche que hace blanquear los mismos árboles.
Nosotros, los de entonces, ya no somos los mismos.

Ya no la quiero, es cierto, pero cuánto la quise.
Mi voz buscaba el viento para tocar su oído.

XX

Heut nacht kann ich die trübsten, traurigsten Verse schreiben.

Schreiben etwa: »Mit Sternen übersät ist das Dunkel,
und blaugefroren zittern weit entfernte Gestirne.«

Der Wind der Nacht zieht seine Kreise am Himmel singend.

Heut nacht kann ich die trübsten, traurigsten Verse schreiben.
Ich liebte sie, und manchmal hatte auch sie mich gern.

In Nächten, so wie diese, hielt ich sie in den Armen.
Küßte sie viele Male unterm endlosen Himmel.

Sie liebte mich, und manchmal hatte auch ich sie gern.
Wie denn nicht lieben ihre großen, sicheren Augen.

Heut nacht kann ich die trübsten, traurigsten Verse schreiben.
Denken, daß sie mir fern ist. Fühlen, daß sie verloren.

Hören die öde Nachtluft, öder noch, seit sie fort ist.
Der Vers fällt auf die Seele wie der Tau auf das Gras.

Was macht's, daß meine Liebe sie nicht bewahren konnte.
Sternbesät ist das Dunkel, und sie ist nicht mehr bei mir.

Das ist alles. Sehr ferne singt irgendwer, sehr ferne.
Mein Herz kann es nicht fassen, daß ich sie nicht mehr habe.

Wie um sie herzuholen, ist mein Herz auf der Suche.
Mein Herz ist auf der Suche, und sie ist nicht mehr bei mir.

Die gleiche Nacht, und weißlich schimmern dieselben Bäume.
Aber wir, die von damals, wir sind nicht mehr dieselben.

Ja, ich liebe sie nicht mehr, doch wie liebte ich, damals.
Zum Wind lief meine Stimme, um an ihr Ohr zu rühren.

De otro. Será de otro. Cómo antes de mis besos.
Su voz, su cuerpo claro. Sus ojos infinitos.

Ya no la quiero, es cierto, pero tal vez la quiero.
Es tan corto el amor, y es tan largo el olvido.

Porque en noches como ésta la tuve entre mis brazos,
mi alma no se contenta con haberla perdido.

Aunque éste sea el último dolor que ella me causa
y éstos sean los últimos versos que yo le escribo.

Jetzt hat sie wohl ein andrer. Wie einst, eh ich sie küßte.
Den hellen Leib, die Stimme. Die großen, großen Augen.

Ja, ich liebe sie nicht mehr, liebe sie vielleicht doch noch.
So kurz dauert die Liebe, und so lang das Vergessen.

Denn in Nächten wie diese hielt ich sie in den Armen.
Mein Herz kann es nicht fassen, daß ich sie nicht mehr habe.

Mag's auch der letzte Schmerz sein, den ich durch sie erleide,
sind's auch die letzten Verse, die ich für sie nun schreibe.

La canción desesperada

Emerge tu recuerdo de la noche en que estoy.
El río anuda al mar su lamento obstinado.

Abandonado como los muelles en el alba.
Es la hora de partir, oh abandonado!

Sobre mi corazón llueven frías corolas.
Oh sentina de escombros, feroz cueva de náufragos!

En ti se acumularon las guerras y los vuelos.
De ti alzaron las alas los pájaros del canto.

Todo te lo tragaste, como la lejanía.
Como el mar, como el tiempo. Todo en ti fue naufragio!

Era la alegre hora del asalto y el beso.
La hora del estupor que ardía como un faro.

Ansiedad de piloto, furia de buzo ciego,
turbia embriaguez de amor, todo en ti fue naufragio!

En la infancia de niebla mi alma alada y herida.
Descubridor perdido, todo en ti fue naufragio!

Te ceñiste al dolor, te agarraste al deseo,
te tumbó la tristeza, todo en ti fue naufragio!

Hice retroceder la muralla de sombra,
anduve más allá del deseo y del acto.

Oh carne, carne mía, mujer que amé y perdí,
a ti en esta hora húmeda, evoco y hago canto.

Das Lied der Verzweiflung

Dein Bild entsteigt der Nacht, in der ich erinnernd hause.
Der Fluß verströmt ins Meer seine dauernde Klage.

Verlassen wie die Molen in früher Morgenstunde.
Es ist Zeit für den Abschied, ach, verlassen von allem!

Auf mein Herz fällt ein Regen erfrorner Blütenkronen.
Ach, Scherbengrube, Schreckenshöhle voller Gestrandeter!

In dir häuften sich heillos die Kriege und die Flüge.
Dir entschwebten die Schwingen von Vögeln des Gesanges.

Alles verschlangst du gierig, wie die saugende Ferne.
Wie das Meer, wie der Zeitlauf. Alles in dir war Schiffbruch!

Es gab die frohe Stunde des Überfalls, des Kusses.
Die Stunde starren Staunens, hell glühend wie ein Leuchtturm.

Angst eines Steuermannes, Wut eines blinden Tauchers,
trunkene Liebeswirrnis, alles in dir war Schiffbruch!

Im Kindheitsnebel meine Seele mit wunden Flügeln.
Irrgelaufner Entdecker, alles in dir war Schiffbruch!

Du schmiegtest dich ans Leid, klammertest dich an
  Sehnsucht,
die Schwermut riß dich nieder, alles in dir war Schiffbruch!

Ich machte, daß die Mauer aus Schatten weichen mußte,
und überschritt die Grenzen von Begehren und Handeln.

O Fleisch von meinem Fleische, Weib, geliebt und verloren,
dich ruf ich an in dieser feuchten Stunde und singe.

Como un vaso albergaste la infinita ternura,
y el infinito olvido te trizó como a un vaso.

Era la negra, negra soledad de las islas,
y allí, mujer de amor, me acogieron tus brazos.

Era la sed y el hambre, y tú fuiste la fruta.
Era el duelo y las ruinas, y tú fuiste el milagro.

Ah mujer, no sé cómo pudiste contenerme
en la tierra de tu alma, y en la cruz de tus brazos!

Mi deseo de ti fue el más terrible y corto,
el más revuelto y ebrio, el más tirante y ávido.

Cementerio de besos, aún hay fuego en tus tumbas,
aún los racimos arden picoteados de pájaros.

Oh la boca mordida, oh los besados miembros,
oh los hambrientos dientes, oh los cuerpos trenzados.

Oh la cópula loca de esperanza y esfuerzo
en que nos anudamos y nos desesperamos.

Y la ternura, leve como el agua y la harina.
Y la palabra apenas comenzada en los labios.

Ése fue mi destino y en él viajó mi anhelo,
y en él cayó mi anhelo, todo en ti fue naufragio!

Oh, sentina de escombros, en ti todo caía,
qué dolor no exprimiste, qué olas no te ahogaron!

De tumbo en tumbo aún llameaste y cantaste.
De pie como un marino en la proa de un barco.

Aún floreciste en cantos, aún rompiste en corrientes.
Oh sentina de escombros, pozo abierto y amargo.

Wie eine Vase bargst du die unendliche Zartheit,
unendliches Vergessen zerbrach dich, wie die Vase.

Da war die schwarze, schwarze Einsamkeit auf den Inseln,
und dort, Geliebte, dort umschlossen mich deine Arme.

Da waren Durst und Hunger, aber du warst die Frucht.
Da war Verfall und Trauer, und du warst mir das Wunder.

Ach, Weib, ich weiß nicht, wie du so fest mich halten konntest
am Erdgrund deiner Seele und am Kreuz deiner Arme!

Mein Verlangen nach dir war schrecklich und ohne Dauer,
ungebärdig und trunken, peinvoll drängend und gierig.

Totenacker und Küsse, noch flammt's aus deinen Gräbern,
noch glühen dort die Trauben, zerpickt von wilden Vögeln.

o zerbissener Mund, oh, die zerküßten Glieder,
oh, die hungrigen Zähne, oh, die verflochtnen Körper.

Oh, die verrückte Paarung von Hoffen und Bemühen,
in der wir uns verknoten und an uns selbst verzweifeln.

Und Zärtlichkeit, so leicht wie das Mehl und leicht wie Wasser.
Und dann das Wort, nur zaghaft sich von den Lippen lösend.

Dies alles war mein Schicksal, und mit ihm zog die Sehnsucht
und ging mit ihm zugrunde, alles in dir war Schiffbruch!

O Scherbengrube, alles stürzte in deinen Abgrund.
Jedweder Schmerz entquoll dir, jede Welle begrub dich!

Noch zwischen Sturz und Sturz hast du gelodert, gesungen.
Aufrecht wie ein Matrose vorn am Bug eines Schiffes.

Blühtest noch auf in Liedern, brachst aus, dich wild
  verströmend.
O Scherbengrube, bittres Brunnenloch, finster gähnend.

Pálido buzo ciego, desventurado hondero,
descubridor perdido, todo en ti fue naufragio!

Es la hora de partir, la dura y fría hora
que la noche sujeta a todo horario.

El cinturón ruidoso del mar ciñe la costa.
Surgen frías estrellas, emigran negros pájaros.

Abandonado como los muelles en el alba.
Sólo la sombra trémula se retuerce en mis manos.

Ah más allá de todo. Ah más allá de todo.

Es la hora de partir. Oh abandonado!

Blaßgrauer, blinder Taucher, glückloser Schleuderschütze,
irrgelaufner Entdecker, alles in dir war Schiffbruch!

Es ist Zeit für den Abschied, die harte, kalte Stunde,
welche die Nacht fixiert hat auf jeder Fahrplantafel.

Des Meeres lauter Gürtel legt sich nun um die Küste.
Kalte Sterne erscheinen, schwarze Vögel entfliehen.

Verlassen wie die Molen in früher Morgenstunde.
Nur der zitternde Schatten krümmt sich in meinen Händen.

Ach, schon jenseits von allem. Ach, schon jenseits von allem.

Es ist Zeit für den Abschied. O Verlassener!

El hondero entusiasta
Der rasende Schleuderer

1933

Vorbemerkung
Zur zweiten Auflage der spanischen Ausgabe

Die in dieses Buch aufgenommenen Gedichte gehörten zu einem Zyklus aus einer Phase meines Schaffens, die sich schon vor rund zehn Jahren entwickelte. Der Einfluß des großen uruguayischen Dichters Carlos Sabat Ercasty, der in ihnen zu erkennen ist, und die ihnen gemeinsame Tonart hochfahrender Beredsamkeit bewogen mich damals, das meiste davon nicht zu veröffentlichen. Jetzt, da die Zeit vorüber ist, in der die Publikation des *Hondero entusiasta* mir inneren Schaden hätten antun können, habe ich sie diesem Verlag [Empresa Letras, Santiago de Chile] übergeben, als ein Dokument, gültig für diejenigen, die an meiner Dichtung interessiert sind. Das ursprüngliche Buch enthielt sehr viel mehr Kompositionen; wenn sie im vorliegenden Heft fehlen, so deshalb, weil sie abhanden gekommen sind, für immer. Auch sind viele der hier gedruckten Texte unfertig, unvollständig; es fehlen Teile, die ausgefallen sind im Lauf der Zeit, Splitter, die verlorengingen. Es wäre mir lieb, wenn ich noch alle Verse aus jener vergangenen Zeit besäße, die für mich den Reiz, den Zauber hat, wie er von alten Briefen ausgeht; denn dieses Buch will ja, wie gesagt, nichts anderes sein als das Dokument einer überschwenglichen, glühenden Jugend. Ich habe an diesen wiedergeborenen Versen nichts geändert, habe ihnen weder etwas hinzugefügt noch etwas weggenommen; ich wollte ihre Echtheit bewahren, ihre vergessene Wahrheit.

Januar 1933 Neruda

Hago girar mis brazos…

Hago girar mis brazos como dos aspas locas
en la noche toda ella de metales azules.

Hacia donde las piedras no alcanzan y retornan.
Hacia donde los fuegos oscuros se confunden.
Al pie de las murallas que el viento inmenso abraza.
Corriendo hacia la muerte como un grito hacia el eco.

El lejano, hacia donde ya no hay más que la noche
y la ola del designio, y la cruz del anhelo.
Dan ganas de gemir el más largo sollozo,
de bruces frente al muro que azota el viento immenso.

Pero quiero pisar más allá de esa huella:
pero quiero voltear esos astros de fuego:
lo que es mi vida y es más allá de mi vida:
eso de sombras duras, eso de nada, eso de lejos:
quiero alzarme en las últimas cadenas que me aten,
sobre este espanto erguido, en esta ola de vértigo
y echo mis piedras trémulas hacia este país negro,
solo, en la cima de los montes,
solo, como el primer muerto,
rodando enloquecido, presa del cielo oscuro
que mira inmensamente, como el mar en los puertos.

Aquí, la zona de mi corazón,
llena de llanto helado, mojada en sangres tibias.
Desde él siento saltar las piedras que me anuncian.
En él baila el presagio del humo y la neblina.

Todo de sueños vastos caídos gota a gota.
Todo de furias y olas y mareas vencidas.
Ah, mi dolor, amigos, ya no es dolor de humano.

Wirbelnd reg ich die Arme…

Wirbelnd reg ich die Arme, zwei irre Mühlenflügel,
in der Nacht voller blauer, eisig blanker Metalle.

Nach dort, wo kein Wurf hintrifft und jeder Stein
zurücksaust.
Nach dort, wo sich vermischen all die düsteren Feuer.
Zum Fuß der Mauern, die der maßlose Wind umklammert.
Dem Tod entgegenrennend, so wie ein Schrei zum Echo.

Das Entrückte, wo nichts mehr da ist, nur noch das Dunkel
und die Woge der Absicht und das Kreuz des Verlangens.
Stöhnen möchte man, stöhnend sich verströmen ins
Schluchzen.
Hingestürzt vor der Wand hier, die der Wahnsinnswind
geißelt.

Doch ich will weiter, will nicht stehen in diesen Stapfen,
will sie alle zertrümmern, diese Sterne aus Feuer,
das, was mein Leben ausmacht, das, was drüber hinausgeht,
das aus finsteren Schatten, aus Nichts, ungreifbar ferne,
will aufstehn in den Ketten, die als letzte mich binden,
aufrecht über dem Schrecken, über der Taumelwelle,
bebende Steine schleudernd in dieses Land der Schwärze,
allein, auf Bergesgipfeln,
so allein wie der erste Tote,
irre im Kreis mich drehend, Beute des dunklen Himmels,
der mich anstarrt so maßlos wie das Meer in den Häfen.

Hier, meines Herzens Zone,
voll gefrorenen Jammers, von lauem Blut berieselt.
Von hier, so fühl ich, fliegen die Steine, die mich melden.
Hier tanzen Dunst und Nebel den Tanz erwachter Ahnung.

Erfüllt von weiten Träumen, Tropfen um Tropfen fallend.
Erfüllt von Wut und Wellen, von schon erschlafften Fluten.
Ach, der Schmerz, meine Freunde, hat nicht mehr
Menschenmaße.

Ah, mi dolor, amigos, ya no cabe en mi vida.
Y en él cimbro las hondas que van volteando estrellas!
Y en el suben mis piedras en la noche enemiga!

Quiero abrir en los muros una puerta. Eso quiero.
Eso deseo. Clamo. Grito. Lloro. Deseo.
Soy el más doloroso y el más débil. Lo quiero.
El lejano, hacia donde ya no hay más que la noche.

Pero mis hondas giran. Estoy. Grito. Deseo.
Astro por astro, todos fugarán en astillas.
Mi fuerza es mi dolor, en la noche. Lo quiero.

He de abrir esa puerta. He de cruzarla. He de vencerla.
Han de llegar mis piedras. Grito. Lloro. Deseo.

Sufro, sufro y deseo. Deseo, sufro y canto.
Río de viejas vidas, mi voz salta y se pierde.

Tuerce y destuerce largos collares aterrados.
Se hincha como una vela en el viento celeste.
Rosario de la angustia, yo no soy quien lo reza.
Hilo desesperado, yo no soy quien lo tuerce.
El salto de la espada a pesar de los brazos.
El anuncio en estrellas de la noche que viene.
Soy yo: pero es mi voz la existencia que escondo.
El temporal de aullidos y lamentos y fiebres.
La dolorosa sed que hace próxima el agua.
La resaca invencible que me arrastra a la muerte.

Gira mi brazo entonces y centellea mi alma.
Se trepan los temblores a la cruz de mis cejas.
He aquí mis brazos fieles! He aquí mis manos ávidas!
He aquí la noche absorta! Mi alma grita y desea!
He aquí los astros pálidos todos llenos de enigma!
He aquí mi sed que aúlla sobre mi voz ya muerta!
He aquí los cauces locos que hacen girar mis hondas!

Ach, der Schmerz, meine Freunde, er übersteigt mein Leben.
Hier schwinge ich die Schleudern, um Sterne zu zertrümmern!
Und meine Steine fliegen von hier ins Feindesdunkel!

Eine Tür in die Mauer schlagen. Das ist mein Wille.
Ich will es. Und ich klage. Schreie. Weine. Begehre.
Der Geplagteste bin ich und der Schwächste. Ich will es.
Das Entrückte, wo nichts mehr da ist, nur noch das Dunkel.

Doch meine Schleudern wirbeln. Ich bin. Schreie. Begehre.
Gestirn um Gestirn, alle werden splitternd zerstieben.
Meine Kraft ist mein Schmerz, mitten im Dunkel. Ich will es.

Öffnen muß ich die Tür da. Sie durchqueren. Besiegen.
Treffen müssen die Steine. Ich schrei. Weine. Begehre.

Ich leide, leide, giere. Giere, leide und singe.
Ein Strom uralten Lebens, rast und zerrinnt die Stimme.

Sie flicht und entflicht Halsketten, die am Boden schleifen.
Sie schwillt an wie ein Segel unter dem Wind vom Himmel.
Rosenkranz der Beklemmung, ich bin's nicht, der ihn betet.
Strick der Verzweiflung, ich bin's nicht, der ihn dreht, ihn windet.
Das Aufzucken des Degens, trotz den lastenden Armen.
Die Anzeige in Sternschrift dieser Nacht, die heraufkommt.
Ich bin, doch meine Stimme ist mein verhehltes Dasein.
Gewittersturm aus Jaulen, Wehklagen, wilden Fiebern.
Dieser schmerzende Durst, der das Wasser herbeizwingt.
Brandung, unwiderstehlich die mich raus in den Tod reißt.

Wirbelnd regt sich mein Arm, und meine Seele funkelt.
Zitternde Schauer klammern sich ans Kreuz meiner Brauen.
Seht, meine treuen Arme! Seht, die Gier meiner Hände!
Seht, die Nacht, selbstversunken! Mein Herz, schreiend, begehrend!
Seht, die bläßlichen Sterne, alle so voller Rätsel!
Seht, mein Durst, heulend über meiner schon toten Stimme!
Die irren Mühlbachstrudel, die meine Schleudern drehen!

Las voces infinitas que preparan mi fuerza!
Y doblado en un nudo de anhelos infinitos,
en la infinita noche, suelto y suben mis piedras.

Más allá de esos muros, de esos límites, lejos
debo pasar las rayas de la lumbre y la sombra
Por qué no he de ser yo? Grito. Lloro. Deseo.

Sufro, sufro y deseo. Cimbro y zumban mis hondas.
El viajero que alargue su viaje sin regreso.
El hondero que trice la frente de la sombra.
Las piedras entusiastas que hagan parir la noche.
La flecha, la centella, la cuchilla, la proa.
Grito. Sufro. Deseo. Se alza mi brazo, entonces,
hacia la noche llena de estrellas en derrota.

He aquí mi voz extinta. He aquí mi alma caída.
Los esfuerzos baldíos. La sed herida y rota.
He aquí mis piedras ágiles que vuelven y me hieren.
Las altas luces blancas que bailan y se extinguen.
Las húmedas estrellas absolutas y absortas.
He aquí las mismas piedras que alzó mi alma en combate.
He aquí la misma noche desde donde retornan.

Soy el más doloroso y el más débil. Deseo.
Deseo, sufro, caigo. El viento inmenso azota.

Ah, mi dolor, amigos, ya no es dolor de humano!
Ah, mi dolor, amigos, ya no cabe en la sombra!
En la noche toda ella de astros fríos y errantes,
hago girar mis brazos como dos aspas locas.

Die Stimmen, unaufhörlich, die meine Kraft erwecken!
Und gekrümmt in der Schlinge unaufhörlicher Sehnsucht,
in endloser Nacht, lasse ich meine Steine fliegen.

Jenseits von diesen Mauern, von diesen Grenzen, ferne
muß ich die Linie zwischen Licht und Schatten passieren.
Warum soll ich nicht ich sein? Ich schreie. Weine. Giere.

Ich leide, leide, giere. Lasse die Schleudern schwirren.
Fremdling, der seine Reise fortsetzt ins Heimweglose.
Schleuderer, der die Stirne der Finsternis zerschmettert.
Rasende Steine, welche die Nacht gebären machen.
Der Pfeil, blitzender Funke, Messerklinge und Schiffsbug.
Ich schreie. Leide. Giere. Und es reckt sich mein Arm dann
gegen die Nacht voll Scherben tödlich getroffner Sterne.

Hier, die erloschne Stimme. Meine gestürzte Seele.
Die vergeblichen Mühen. Der Durst, versehrt, geborsten.
Hier meine flinken Steine, die im Rückflug mich treffen.
Die hohen, weißen Lichter, die tanzen und erlöschen.
Die feuchten fernen Sterne, ungreifbar, selbstversunken.
Seht hier, dieselben Steine, einstens des Herzens Waffen.
Seht hier, dasselbe Dunkel, aus dem sie rückwärts sausen.

Der Geplagteste bin ich, der Schwächste. Ich begehre.
Begehre, leide, falle. Endlos geißelt der Zornwind.

Ach, der Schmerz, meine Freunde, hat nicht mehr
   Menschenmaße!
Ach, der Schmerz, meine Freunde, er übersteigt das Dunkel!
In der Nacht voller kalter, ruhlos schweifender Sterne
reg ich wirbelnd die Arme, zwei irre Mühlenflügel.

Es como una marea…

Es como una marea, cuando ella clava en mí
sus ojos enlutados,
cuando siento su cuerpo de greda blanca y móvil
estirarse y latir junto al mío,
es como una marea, cuando ella está a mi lado.

He visto tendido frente a los mares del sur,
arrollarse las aguas y extenderse
inconteniblemente
fatalmente
en las mañanas y al atardecer.

Agua de las resacas sobre las viejas huellas,
sobre los viejos rastros, sobre las viejas cosas,
agua de las resacas que desde las estrellas
se abre como una inmensa rosa,
agua que va avanzando sobre las playas como
una mano atrevida debajo de una ropa,
agua internándose en los acantilados,
agua estrellándose en las rocas,
agua implacable como los vengadores
y como los asesinos silenciosa,
agua de las noches siniestras
debajo de los muelles como una vena rota,
como el corazón del mar
en una irradiación temblorosa y monstruosa.

Es algo que me lleva desde adentro y me crece
inmensamente próximo, cuando ella está a mi lado,
es como una marea rompiéndose en sus ojos
y besando su boca, sus senos y sus manos.

Ternura de dolor, y dolor de imposible,
ala de los terribles deseos,
que se mueve en la noche de mi carne y la suya
con una aguda fuerza de flechas en el cielo.

Es ist wie eine Dünung…

Es ist wie eine Dünung, wenn er mich trifft, der Blick
ihrer todschwarzen Augen,
wenn ich fühle, daß ihr Körper aus weißer, beweglicher Kreide
pulsierend sich ausstreckt neben dem meinen,
es ist wie eine Dünung, wenn sie da ist, so nahe.

Am Strand südlicher Meere liegend, sah ich
wie die Wasser sich einrollen und ausdehnen,
unaufhaltsam,
schicksalhaft,
morgens und abends.

Wasser der nahenden Brandung, alte Fährten bedeckend,
überflutend die alten Spuren, die alten Dinge,
Wasser der Flut, das von den Sternen her
sich öffnet wie eine riesige Rose,
Wasser, das über die Strände vorrückt
wie eine freche Hand unterm Rock,
Wasser, das eindringt in die Uferwände,
Wasser, das zerschellt an den Felsen,
Wasser, unerbittlich wie Rächer
und wie Mörder so schweigsam,
Wasser der finsteren Nächte
unter den Molen wie eine geplatzte Ader,
wie das Herz des Meeres
in machtvoll zitternder, ungeheurer Strahlung.

Es ist etwas, das mich aus mir hinausträgt und mir entwächst,
unendlich nahe, wenn sie mir nahe ist,
es ist wie eine Flut, sich brechend in ihren Augen
und küssend ihren Mund, ihre Brüste und ihre Hände.

Zärtlichkeit aus Schmerz, und Schmerz aus Unmöglichkeit,
Schwinge der schrecklichen Wünsche,
die sich regt in der Nacht meines Fleisches und des ihren
mit dem spitzen Schwung von Pfeilen am Himmel.

Algo de inmensa huida,
que no se va, que araña adentro,
algo que en las palabras cava tremendos pozos,
algo que contra todo se estrella, contra todo,
como los prisioneros contra los calabozos!

Ella, tallada en el corazón de la noche,
por la inquietud de mis ojos alucinados:
ella, grabada en los maderos del bosque
por los cuchillos de mis manos,
ella, su goce junto al mío,
ella, sus ojos enlutados,
ella, su corazón, mariposa sangrienta
que con sus dos antenas de instinto me ha tocado!

No cabe en esta estrecha meseta de mi vida!
Es como un viento desatado!

Si mis palabras clavan apenas como agujas
debieran desgarrar como espadas o arados!

Es como una marea que me arrastra y me dobla,
es como una marea, cuando ella está a mi lado!

Eres toda de espumas…

Eres toda de espumas delgadas y ligeras
y te cruzan los besos y te riegan los días.
Mi gesto, mi ansiedad cuelgan de tu mirada.
Vaso de resonancias y de estrellas cautivas.
Estoy cansado: todas las hojas caen, mueren.
Caen, mueren los pájaros. Caèn, mueren las vidas.
Cansado, estoy cansado. Ven, anhélame, vibrame.
Oh, mi pobre ilusión, mi guirnalda encendida!

Etwas von endloser Flucht,
die nicht vorankommt, im Inneren scharrt,
etwas, das in den Worten unheimliche Brunnen höhlt,
etwas, das gegen alles anrennt, gegen alles,
wie Gefangene gegen die Kerkermauern!

Sie, heraus geschnitten aus dem Herzen der Nacht
von der Unruhe meiner geblendeten Augen,
sie, geritzt in die Stämme des Waldes
von den Messern meiner Hände,
sie, ihre Lust neben der meinen,
sie, ihre todschwarzen Augen,
sie, ihr Herz, ein blutroter Schmetterling,
der mich berührt hat mit den zwei Fühlern seines Instinktes!

Es hat nicht Raum auf der engen Ebene meines Lebens!
Es ist wie ein entfesselter Sturmwind!

Nicht einmal Nadelstiche sind meine Worte, die doch
aufreißend wirken sollten, wie Schwerter oder Pflüge!

Es ist wie eine Dünung, die mich mitreißt und niederbeugt,
es ist wie eine Dünung, wenn sie da ist, so nahe!

Du bist aus lauter Gischt…

Du bist aus lauter Gischt, aus leichtem, fiedrigem Meerschaum,
und dich kreuzen die Küsse, dich benetzen die Tage.
Meine Miene, mein Bangen hängen an deinem Blicke.
Gefäß von Widerklängen und gefangenen Sternen.
Ermüdet bin ich: alle Blätter fallen und sterben.
Die Vögel fallen, sterben. Die Leben fallen, sterben.
Müde bin ich, so müde. Komm, begehre mich, rüttle mich.
Ach, mein elender Wunschtraum, Girlande, hell in Flammen!

El ansia cae, muere. Cae, muere el deseo.
Caen, mueren las llamas en la noche infinita.

Fogonazo de luces, paloma de gredas rubias,
líbrame de esta noche que acosa y aniquila.

Sumérgeme en tu nido de vértigo y caricia.
Anhélame, retiéneme.
La embriaguez a la sombra florida de tus ojos,
las caídas, los triunfos, los saltos de la fiebre.
Ámame, ámame, ámame.
De pie te grito! Quiéreme.
Rompo mi voz gritándote y hago horarios de fuego
en la noche preñada de estrellas y lebreles.
Rompo mi voz y grito. Mujer, ámame, anhélame.
Mi voz arde en los vientos, mi voz que cae y muere.

Cansado. Estoy cansado. Huye. Aléjate. Extínguete.
No aprisiones mi estéril cabeza entre tus manos.
Que me crucen la frente los látigos del hielo.
Que mi inquietud se azote con los vientos atlánticos.
Huye. Aléjate. Extínguete. Mi alma debe estar sola.
Debe crucificarse, hacerse astillas, rodar,
verterse, contaminarse sola,
abierta a la marea de los llantos,
ardiendo en el ciclón de las furias,
erguida entre los cerros y los pájaros,
aniquilarse, exterminarse sola,
abandonada y única como un faro de espanto.

Die Qual, sie fällt, sie stirbt. Es fällt, es stirbt die Sehnsucht.
Die Flammen fallen, sterben im unendlichen Dunkel.

Sprühende Lichtergarbe, Taube der Kreidefelsen,
befrei mich aus der Nacht hier, die mich bedrängt und
auslöscht.

Versenk mich in dein Nest aus Taumel und Liebkosung.
Begehre mich, umklammre mich.
Die Trunkenheit im blühenden Schatten deiner Augen,
die Stürze, die Triumphe, die tollen Fiebersprünge.
Liebe mich, liebe mich, liebe mich.
Stehend ruf ich dich! Liebe mich.
Ich brülle auf und mache Stundenpläne aus Feuer
in der Nacht, wo es wimmelt von Gestirnen und Hetzhunden.
Ich brülle auf ich schreie. Weib, liebe mich, begehr mich.
Meine Stimme brennt in den Winden, fällt und verendet.

Müde bin ich, so müde. Fliehe. Geh weg. Erlisch.
Sperr nicht ein meinen fruchtlosen Kopf in deinen Händen.
Peitschen des Frostes sollen mir die Stirne zerstriemen.
Meine Unruhe soll sich geißeln mit Meeresböen.
Fliehe. Geh weg. Erlisch. Mein Herz muß allein sein.
Kreuzigen muß es sich, zerschmettern, zugrunde richten,
auskippen, einsam sich besudeln,
ausgesetzt all der Flut des Jammers,
brennend im Wirbelsturm der Raserei,
aufrecht zwischen den Gipfeln und den Vögeln,
sich vernichten, auslöschen, allein,
völlig verlassen, einzig, wie ein Leuchtturm des Grauens.

Siento tu ternura…

Siento tu ternura allegarse a mi tierra,
acechar la mirada de mis ojos, huir,
la veo interrumpirse, para seguirme hasta la hora
de mi silencio absorto y de mi afán de ti.
Hela aquí tu ternura de ojos dulces que esperan.
Hela aquí, boca tuya, palabra nunca dicha.
Siento que se me suben los musgos de tu pena
y me crecen a tientas en el alma infinita.

Era esto el abandono, y lo sabías,
era la guerra obscura del corazón y todos,
era la queja rota de angustias conmovidas,
y la ebriedad, y el deseo, y el dejarse ir,
y era eso mi vida,
era eso que el agua de tus ojos llevaba,
era eso que en el hueco de tus manos cabía.

Ah, mariposa mía y arrullo de paloma,
ah vaso, ah estero, ah compañera mía!
Te llegó mi reclamo, dímelo, te llegaba,
en las abiertas noches de estrellas frías,
ahora, en el otoño, en el baile amarillo
de los vientos hambrientos y las hojas caídas?

Dímelo, te llegaba,
aullando o cómo, o sollozando,
en la hora de la sangre fermentada
cuando la tierra crece y se cimbra latiendo
bajo el sol que la raya con sus colas de ámbar?

Dímelo, me sentiste
trepar hasta tu forma por todos los silencios,
y todas las palabras?
Yo me sentí crecer. Nunca supe hacia dónde.
Es más allá de ti. Lo comprendes, hermana?

Ich fühle deine Sanftheit…

Ich fühle deine Sanftheit meinem Lande sich nähern,
belauschen den Blick meiner Augen, fliehen,
ich sehe sie innehalten, um mir zu folgen bis zur Stunde
meines versunkenen Schweigens und meines Verlangens
nach dir.
Da ist sie, deine Sanftheit lieblicher Augen, die warten.
Da ist er, dein Mund, ein nie gesprochenes Wort.
Aufsprießen fühl ich in mir die Moose deines Kummers,
tastend wachsen sie mir in der unendlichen Seele.

Dies war das Verlassen, und du wußtest es,
dies war der dunkle Krieg zwischen dem Herzen und allen,
war die zerrissne Klage umgetriebener Ängste,
die Trunkenheit, die Sehnsucht und das Sichtreibenlassen,
und dies war mein Leben,
dies war, was das Wasser deiner Augen mitnahm,
dies war, was hineinging in deine hohlen Hände.

Ach, mein Falter du, mein Taubengurren,
ach, mein Trinkglas, mein Bach du, ach, meine Gefährtin!
Kam mein Lockruf, sag mir, kam er zu dir
in den klaren Nächten mit frostigen Sternen,
jetzt, im Herbst, im gelben Tanz
der hungrigen Winde und fallenden Blätter?

Sag mir, kam er zu dir
heulend, oder wie, oder schluchzend,
in der Stunde des vergorenen Blutes,
wenn die Erde wächst und pulsierend sich biegt
unter der Sonne, die sie streift mit ihren Bernsteinschweifen?

Sag mir, fühltest du, wie ich
emporklomm bis zu deiner Gestalt durch alles Schweigen
und alle Worte?
Ich fühlte mich wachsen. Niemals wußte ich, wohin.
Es ist jenseits von dir. Verstehst du, Schwester?

Es que se aleja el fruto cuando llegan mis manos
y ruedan las estrellas antes de mi mirada.

Siento que soy la aguja de una infinita flecha,
y va a clavarse lejos, no va a clavarse nunca,
tren de dolores húmedos en fuga hacia lo eterno,
goteando en cada tierra sollozos y preguntas.

Pero hela aquí, tu forma familiar, lo que es mío,
lo tuyo, lo que es mío, lo que es tuyo y me inunda,
hela aquí que me llena los miembros de abandono,
hela aquí, tu ternura,
amarrándose a las mismas raíces,
madurando en la misma caravana de frutas,
y saliendo de tu alma rota bajo mis dedos
como el licor del vino del centro de la uva.

Amiga, no te mueras…

Amiga no te mueras.
Óyeme estas palabras que me salen ardiendo,
y que nadie diría si yo no las dijera.

Amiga, no te mueras!

Yo soy el que te espera en la estrellada noche.
El que bajo el sangriento sol poniente te espera.

Miro caer los frutos en la tierra sombría.
Miro bailar las gotas del rocío en las hierbas.

En la noche al espeso perfume de las rosas,
cuando danzan la ronda de las sombras inmensas.

Die Frucht entzieht sich nämlich, wenn meine Hände kommen,
und es rollen die Sterne fort vor meinem Blick.

Ich fühl's, ich bin die Spitze eines endlosen Pfeiles,
und er fliegt in die Ferne, wird nie sein Ziel erreichen,
ein Zug voll feuchter Schmerzen auf der Flucht ins Unendliche,
der alles Land beträuft mit Schluchzern und mit Fragen.

Doch da ist deine traute Gestalt, die Form, die mein ist,
das Deinige, was mein ist, was dein ist und mich überflutet,
da ist sie, die mir alle Glieder tränkt mit Verlassenheit,
da ist sie, deine Sanftheit,
die selbst noch an den Wurzeln sich verklammert,
die reift noch in der Früchtekarawane
und hervorrinnt aus deiner Seele, aufgeplatzt unter
meinen Fingern, wie Weinsaft aus der zerquetschten Traube.

Freundin, du darfst nicht sterben…

Freundin, du darfst nicht sterben.
Hör sie doch an, die Worte, die mir glühend entquellen,
die keiner sagen würde, wenn ich sie dir nicht sagte.

Freundin, du darfst nicht sterben!

Ich bin's, der dich erwartet in der Nacht voller Sterne.
Der unter blutig sinkender Sonne auf dich wartet.

Ich seh die Früchte fallen auf die düstere Erde.
Seh die Tautropfen tanzen auf den wippenden Gräsern.

In der Nacht dann der schwere, süße Atem der Rosen,
während sich dreht der Reigen von ungeheuren Schatten.

Bajo el cielo del Sur, el que te espera cuando
el aire de la tarde como una boca besa.

Amiga, no te mueras!

Yo soy el que cortó las guirnaldas rebeldes
para el lecho selvático fragante a sol y a selva.

El gue trajo en los brazos jacintos amarillos
Y rosas desgarradas. y amapolas sangrientas.

El que cruzó los brazos por esperarte, ahora.
El que quebró sus arcos El que dobló sus flechas.

Y soy el que en los labios guarda sabor de uvas.
Racimos refregados. Mordeduras bermejas.

El que te llama desde las llanuras brotadas.
Yo soy el que en la hora del amor te desea.

El aire de la tarde cimbra las ramas altas.
Ebrio, mi corazón, bajo Dios, tambalea.

El río desatado rompe a llorar y a veces
se adelgaza su voz y se hace pura y trémula.

Retumba, atardecida, la queja azul del agua.
Amiga, no te mueras!

Yo soy el que te espera en la estrellada noche,
sobre las playas áureas, sobre las rubias eras.

El que cortó jacintos para tu lecho, y rosas.
Tendido entre las hierbas yo soy el que te espera!

Unterm Himmel des Südens, der, welcher auf dich wartet,
während die Abendluft kommt wie küssende Lippen.

Freundin, du darfst nicht sterben!

Ich bin es, der die wild sprossenden Ranken abschnitt
für das laubige Lager, duftend nach Wald und Sonne.

Der in den Armen brachte die gelben Hyazinthen.
Und wild verzauste Rosen. Blutrot blühenden Mohn.

Der die Arme gekreuzt hat, dich zu erwarten, jetzt.
Der zerbrach seine Bogen. Der die Pfeile zerknickte.

Ich bin es, dessen Lippen noch nach Weinbeeren schmecken,
blankgeriebenen Trauben, Bissen ins rote Fleisch.

Der, welcher nach dir ruft aus den grünenden Ebnen.
Ich bin's, der in der Stunde der Liebe dich herbeisehnt.

In der Brise des Abends schaukeln die Zweige droben.
Trunken taumelt mein Herz unter den Augen Gottes.

Der ausgebrochne Fluß fängt plötzlich an zu weinen,
und sanft wird seine Stimme zuweilen, rein und bebend.

Es hallt, dämmerumfangen, des Wassers blaue Klage.
Freundin, du darfst nicht sterben!

Ich bin's, der dich erwartet in der Nacht voller Sterne,
über den goldnen Stränden, über den blonden Ähren.

Der Hyazinthen pflückte für dein Lager, und Rosen.
Ausgestreckt zwischen Gräsern, bin ich's, der auf dich wartet.

Déjame sueltas las manos…

Déjame sueltas las manos
y el corazón, déjame libre!
Deja que mis dedos corran
por los caminos de tu cuerpo.
La pasión – sangre, fuego, besos –
me incendia a llamaradas trémulas.
Ay, tú no sabes lo que es esto!

Es la tempestad de mis sentidos
doblegando la selva sensible de mis nervios.
Es la carne que grita con sus ardientes lenguas!
Es el incendio!

Y estás aquí, mujer, como un madero intacto
ahora que vuela toda mi vida hecha cenizas
hacia tu cuerpo lleno, como la noche, de astros!

Déjame libres las manos
y el corazón déjame libre!
Yo sólo te deseo, yo sólo te deseo!
No es amor, es deseo que se agota y se extingue,
es precipitación de furias,
acercamiento de lo imposible,
pero estás tú,
estás para dármelo todo,
y a darme lo que tienes a la tierra viniste –
como yo para contenerte,
y desearte,
y recibirte!

Laß ledig meine Hände…

Laß ledig meine Hände
und das Herz, laß mich frei sein!
Laß meine Finger laufen
über die Wege deines Leibes.
Die Leidenschaft – Blut, Feuer, Küsse –
entflammt mich zu zuckendem Lodern.
Ach, du weißt nicht, was das ist!

Es ist der Gewittersturm meiner Sinne,
wühlend im wach empfindenden Wald meiner Nerven.
Es ist das Fleisch, das schreit mit seinen glühenden Zungen!
Es ist die Feuersbrunst!

Und da stehst du, Weib, wie ein unversehrter Stamm, jetzt, da
mein ganzes Leben auffliegt als stiebende Asche
hin zu deinem Leib, überglänzt wie die Nacht von Sternen!

Laß ledig meine Hände
und das Herz, laß mich frei sein!
Ich begehre dich nur, ich begehre dich nur!
Nicht Liebe, nein, Begier ist's, die sich erschöpft, erlischt,
Niederschlag rasender Mächte,
Einbruch des Unmöglichen,
doch da bist du,
bist da, mir alles zu geben,
und mir zu geben, was du hast, bist du auf die Welt gekommen,
wie ich, um dich zu umfangen,
und dich zu begehren,
und dich zu bekommen!

Alma mía! Alma mía!

Alma mía. Alma mía! Raíz de mi sed viajera,
gota de luz que espanta los asaltos del mundo.
Flor mía. Flor de mí alma. Terreno de mis besos.
Campanada de lágrimas. Remolino de arrullos.
Agua viva que escurre su queja entre mis dedos.
Azul y alada como los pájaros y el humo.
Te parió mi nostalgia, mi sed, mi ansia, mi espanto.
Y estallaste en mis brazos como en la flor el fruto.

Zona de sombras, línea delgada y pensativa.
Enredadera crucificada sobre un muro.

Canción, sueño, destino. Flor mía, flor de mi alma.
Aletazo de sueño, mariposa, crepúsculo.

En la alta noche mi alma se tuerce y se destroza.
La castigan los látigos del sueño y la socavan.
Para esta inmensidad ya no hay nada en la tierra.
Ya no hay nada.
Se resuelven las sombras y se derrumba todo.
Caen sobre mis ruinas las vigas de mi alma.

No lucen los luceros acerados y blancos.
Todo se rompe y cae. Todo se borra y pasa.
Es el dolor que aúlla como un loco en un bosque.
Soledad de la noche. Soledad de mi alma.
El grito, el alarido. Ya hay nada en la tierra!
La furia que amedrenta los cantos y las lágrimas.
Sólo la sombra estéril partida por mis gritos.
Y la pared del cielo tendida contra mi alma!

Eres. Entonces eres y te buscaba entonces.
Eres labio de beso, fruta de sueños, todo.

Mein Herz du! Mein Herz!

Mein Herz, du. Mein Herz! Wurzel meines schweifenden
Durstes,
Tropfen aus Licht, das abschreckt jeden Angriff der Welt.
Blüte, du, meines Herzens. Gelände meiner Küsse.
Glockengetön von Tränen. Wirbel zärtlichen Gurrens.
Klares, klagendes Wasser, in den Händen zerrinnend.
Blauschimmernd und geflügelt wie der Rauch und die Vögel.
Dich gebar meine Sehnsucht, aus Durst, Begier und
Schrecken.
Du entsprangst meinen Armen wie die Frucht aus der Blüte.

Zone lagernden Schattens, Linie, zart, bedächtig.
Windenranke, gekreuzigt an einer nackten Mauer.

Gesang und Traum und Schicksal. Blüte, du, meines Herzens.
Flügelschlagen des Traumes, Schmetterling, Dämmerung.

Mitten in der Nacht windet sich mein Herz und zerquält sich.
Gegeißelt von den Peitschen des Traums, die es zerstriemen.
Für dieses Ungeheure gibt es nichts mehr auf Erden.
Gibt es nichts mehr.
Es entschwinden die Schatten, und alles bricht zusammen.
In meine Ruinen stürzen die Balken meines Herzens.

Erloschen sind die weißen, stählernen Morgensterne.
Alles zerbirst, geht unter. Alles verweht und schwindet.
Es ist der Schmerz, der aufbeult wie ein Irrer im Walde.
Einsamkeit schwarzen Dunkels. Einsamkeit meines Herzens.
Der Schrei. Das Schreckensgellen. Nichts mehr gibt es auf
Erden!
Die Wut, vor der erstarren die Lieder und die Tränen.
Nichts als das öde Dunkel, zerfetzt von meinen Schreien.
Und die Mauer des Himmels, gegen mein Herz errichtet!

Du bist. Es gibt dich also, und ich suche dich also.
Du bist Lippe dem Kuß, bist Frucht von Träumen, alles.

Estás, eres y te amo! Te llamo y me respondes!
Luminaria de luna sobre los campos solos.
Flor mía, flor de mi alma, qué más para esta vida!
Tu voz, tu gesto pálido, tu ternura, tus ojos.
La delgada caricia que te hace arder entera.
Los dos brazos que emergen como juncos de asombro.
Todo tu cuerpo ardido de blancura en el vientre.
Las piernas perezosas. Las rodillas. Los hombros.
La cabellera de alas negras que van volando.
Las arañas oscuras del pubis en reposo.

Llénate de mí…

Llénate de mí.
Ansíame, agótame, viérteme, sacrifícame.
Pídeme. Recógeme, contiéneme, ocúltame.
Quiero ser de alguien, quiero ser tuyo, es tu hora.
Soy el que pasó saltando sobre las cosas,
el fugante, el doliente.

Pero siento tu hora,
la hora de que mi vida gotee sobre tu alma,
la hora de las ternuras que no derramé nunca,
la hora de los silencios que no tienen palabras,
tu hora, alba de sangre que me nutrió de angustias,
tu hora, medianoche que me fue solitaria.

Libértame de mí. Quiero salir de mi alma.
Yo soy esto que gime, esto que arde, esto que sufre.
Yo soy esto que ataca, esto que aúlla, esto que canta.
No, no quiero ser esto.

Du bist da, und ich lieb dich! Ich ruf dich, du gibst Antwort!
Ewiges Licht des Mondes über verlaßnen Landen.
Blüte, du, meines Herzens, was braucht es sonst im Leben!
Deine Stimme, die Blässe, die Zartheit, deine Augen.
Das leichte, linde Streicheln, das dich gänzlich in Brand setzt.
Die zwei Arme, wie Binsen sprießend, jählings erschauernd.
Dein kühn entbrannter Körper, der blank schimmernde
Bauch.
Die saumseligen Beine. Deine Knie. Die Schultern.
Die Mähne, schwarze Flügel, flatternd in wildem Aufflug.
Des Schambergs dunkle Spinnen, schwarz im Schlummer
verharrend.

Füll dich mit mir…

Füll dich mit mir.
Begehre mich, entleere mich, vergieße mich, opfere mich.
Fordere mich. Ergreife mich, umschließe mich, verbirg mich.
Gehören will ich irgendwem, will dir gehören, deine
Stunde ist es.
Ich bin der, welcher im Sprung über die Dinge hinwegging,
der Flüchtende, der Leidende.

Doch ich fühl deine Stunde,
die Stunde, daß mein Leben dir die Seele benetze,
die Stunde all der Zartheit, die ich noch niemals hingab,
die Stunde voller Pausen, die keine Worte kennen,
deine Stunde, Blutfrühe, die mit Ängsten mich stärkte,
deine Stunde, die Mitternacht, so still mir, so einsam.

Befreie mich von mir. Raus will ich aus meiner Seele.
Ich bin das, was stöhnt, was brennt, was leidet.
Ich bin das, was angreift, was heult, was singt.
Nein, ich will das nicht sein.

Ayúdame a romper estas puertas inmensas.
Con tus hombros de seda desentierra estas anclas.
Así crucificaron mi dolor una tarde.
Libértame de mí. Quiero salir de mi alma.

Quiero no tener límites y alzarme hacia aquel astro.
Mi corazón no debe callar hoy o mañana.
Debe participar de lo que toca,
debe ser de metales, de raíces, de alas.
No puedo ser la piedra que se alza y que no vuelve,
no puedo ser la sombra que se deshace y pasa.

No, no puede ser, no puede ser, no puede ser.
Entonces gritaría, lloraría, gemiría.
No puede ser, no puede ser.
Quién iba a romper esta vibración de mis alas?
Quién iba a exterminarme? Qué designio, qué palabra?
No puede ser, no puede ser, no puede ser.
Libértame de mí. Quiero salir de mi alma.

Porque tú eres mi ruta. Te forjé en lucha viva.
De mi pelea oscura contra mí mismo, fuiste.
Tienes de mí ese sello de avidez no saciada.
Desde que yo los miro tus ojos son más tristes.
Vamos juntos. Rompamos este camino juntos.
Seré la ruta tuya. Pasa. Déjame irme.
Ansíame, agótame, viérteme, sacrifícame.
Haz tambalear los cercos de mis últimos límites.

Y que yo pueda, al fin, correr en fuga loca,
inundando las tierras como un río terrible,
desatando estos nudos; ah, Dios mío, estos nudos,
destrozando
quemando,
arrasando
como una lava loca lo que existe,
correr fuera de mí mismo, perdidamente,

Hilf mir, auszubrechen durch diese riesigen Tore.
Mit deinen Seidenschultern reiß aus die Ankerhaken.
So haben sie gekreuzigt meinen Schmerz eines Abends.
Befreie mich von mir. Raus will ich aus meiner Seele.

Unbegrenzt will ich sein und mich sternwärts erheben.
Mein Herz soll nicht mehr schweigen, weder heute noch morgen.
Teilhaben soll's an allem, was immer es berühre,
soll Erzen angehören, Wurzelfasern und Flügeln.
Ich kann nicht dieser Stein sein, der fortfliegt ohne Rückkehr,
nicht der sausende Schatten, der sich auflöst, verschwindet.

Nein, es kann nicht sein, kann nicht sein, kann nicht sein.
Aufschreien müßt ich sonst, müßte weinen, stöhnen.
Es kann nicht sein, es kann nicht sein.
Wer hat das Beben meiner Flügel ersterben lassen?
Wer wollte mich auslöschen? Welches Wort, welche Absicht?
Es kann nicht sein, es kann nicht, kann nicht sein.
Befrei mich von mir. Raus will ich, raus aus meiner Seele.

Denn du bist mein Weg. Dich erschuf ich in hartem Ringen.
Aus dem düsteren Kampf mit mir selbst bist du erstanden.
Von mir hast du das Siegel ungestillter Begierde.
Trauriger sind, seit ich sie anschaue, deine Augen.
Gehn wir zusammen. Brechen wir uns die Bahn gemeinsam.
Ich werde dir der Weg sein. Komm schon, auf. Laß mich fortgehn.
Begehre mich, entleere mich, vergieße mich, opfere mich.
Bring ins Wanken die Zäune meiner äußersten Grenzen.

Damit ich endlich fortstürzen kann in irrer Flucht,
überschwemmend die Länder wie ein schrecklicher Fluß,
zerreißend diese Fesseln, ach mein Gott, diese Fesseln,
zertrümmernd,
verbrennend,
niederreißend
als irrlodernde Lava, was meinem Lauf begegnet,
fortstürzen, heraus aus mir selber, ziellos,

libre de mí, furiosamente libre.
Irme,
Dios mío,
irme!

Canción del macho y de la hembra!…

Canción del macho y de la hembra!
La fruta de los siglos
exprimiendo de su jugo
en nuestras venas.

Mi alma derramándose en tu carne extendida
rara salir de ti más buena,
el corazón desparramándose,
estirándose como una pantera,
y mi vida, hecha astillas, anudándose
a ti como la luz a las estrellas!

Me recibes
Como al viento la vela.

Te recibo
como el surco a la siembra.

Duérmete sobre mis dolores
si mis dolores no te queman,
amárrate a mis alas,
acaso mis alas te llevan.
Endereza mis deseos,
acaso te lastima su pelea.

Tú eres lo único que tengo
desde que perdí mi tristeza.

frei von mir selber, rasend frei.
Fort nur,
mein Gott,
fort nur!

Lied von Mann und Weib!…

Lied von Mann und Weib!
Die Frucht der Jahrhunderte
träuft ihren Saft
uns in die Adern.

Meine Seele, sich verströmend in dein hingebettetes Fleisch,
um geläutert aus dir hervorzugehen,
das Herz, sich ergießend,
sich bäumend wie ein Panther,
und mein Leben, zersplittert, haftet
an dir wie das Licht an den Sternen!

Du nimmst mich auf
wie den Seewind das Segel.

Ich nehme dich auf
wie die Saatfurche den Samen.

Schlaf ein auf meinen Schmerzen,
wenn meine Schmerzen dich nicht brennen,
klammere dich an meine Flügel,
vielleicht können meine Flügel dich tragen.
Lenke meine Begierden,
vielleicht verletzt dich ihr Streit.

Du bist das einzige, was ich habe,
seit ich meine Traurigkeit verloren.

Desgárrame como una espada
o táctame como una antena!

Bésame,
muérdeme,
incéndiame,
que yo vengo a la tierra
sólo por el naufragio de mis ojos de macho
en el agua infinita de tus ojos de hembra!

Esclava mía, témeme, ámame...

Esclava mía, témeme, ámame, esclava mía!
Soy contigo el ocaso más vasto de mi cielo,
y en él despunta mi alma como una estrella fría.
Cuando de ti se alejan vuelven a mí mis pasos.
Mi propio latigazo cae sobre mi vida.
Eres lo que está adentro de mí y está lejano.
Huyendo como un coro de nieblas perseguidas.
Junto a mí, pero dónde? Lejos, lo que está lejos.
Y lo que estando lejos bajo mis pies camina.
El eco de la voz más allá del silencio.
Y lo que en mi alma crece como el musgo en las ruinas.

Schlitze mich auf wie ein Degen,
oder berühre mich wie ein Fühler!

Küsse mich,
beiße mich,
entflamme mich,
denn nur darum komm ich zur Welt,
daß scheiternd untergehn meine Mannesaugen
im unendlichen Wasser deiner Weibesaugen.

Du, meine Sklavin, fürchte, liebe mich…

Du, meine Sklavin, fürchte, liebe mich, meine Sklavin!
Mit dir bin ich das reichste Abendrot meines Himmels,
und mein Herz erglänzt in ihm wie ein Stern voller Kälte.
Gehn sie fort von dir, suchen meine Schritte mich heim.
Die eignen Peitschenhiebe prasseln auf meinen Leib.
Du bist, was in mir da ist, und unerreichbar ferne.
Fliehend wie windgehetzte Schwärme von Nebelschwaden.
Mir nahe, aber wo nur? Ferne, das mir so Ferne.
Und was, obwohl es fern ist, unter den Füßen mitläuft.
Der Widerhall der Stimme jenseits von weitem Schweigen.
Und was mir wächst im Herzen wie Moos auf den Ruinen.

Sed de ti que me acosa...

Sed de ti que me acosa en las noches hambrientas.
Trémula mano roja que hasta tu vida se alza.
Ebria sed, loca sed, sed de selva en sequía.
Sed de metal ardiendo, sed de raíces ávidas.
Hacia dónde, en las tardes que no vayan tus ojos
en viaje hacia mis ojos, esperándote entonces?

Estás llena de todas las sombras que me acechan.
Me sigues como siguen los astros a la noche.
Mi madre me dió lleno de preguntas agudas.
Tú las contestas todas. Eres llena de voces.
Ancla blanca que cae sobre el mar que cruzamos.
Surco para la turbia semilla de mi nombre.
Que haya una tierra mía que no cubra tu huella.
Sin tus ojos viajeros, en la noche, hacia dónde.

Por eso eres la sed y lo que ha de saciarla.
Cómo poder no amarte si he de amarte por eso.
Si ésa es la amarra cómo poder cortarla, cómo:
Cómo si hasta mis huesos tienen sed de tus huesos.
Sed de ti, sed de ti, guirnalda atroz y dulce.
Sed de ti que en las noches me muerde como un perro.
Los ojos tienen sed, para qué están tus ojos.

La boca tiene sed, para qué están tus besos.
El alma está incendiada de estas brasas que te aman.
El cuerpo: incendio vivo que ha de quemar tu cuerpo.
De sed. Sed infinita. Sed que busca tu sed.
Y en ello se aniquila como el agua en el fuego.

Durst nach dir, der mich stachelt…

Durst nach dir, der mich stachelt in den hungrigen Nächten.
Zitternde rote Hand, sich reckend nach deinem Leben.
Trunkner Durst, Wahnsinnsdurst, Durst verdorrenden Dschungels.
Durst des glühenden Erzes, Durst von lechzenden Wurzeln.
Wohin nur, wenn am Abend deine Augen nicht wandern
hierher zu meinen Augen, die schon lang dich erwarten?

Du bist erfüllt von all den Schatten, die mich umlauern.
Du folgst mir, wie die Sterne der Nacht, der dunklen, folgen.
Meine Mutter gebar mich voller stechender Fragen.
Du gibst Antwort auf alle. Denn du bist voller Stimmen.
Weißer Anker, geworfen ins Meer, das wir durchschiffen.
Furche für das beschmutzte Saatkorn mit meinem Namen.
Wie kann in mir noch Land sein, das deine Spur nicht trüge?
Ohne das Wandern deiner Augen, bei Nacht, wohin nur?

Darum bist du der Durst und der Stoff, ihn zu stillen.
Wie denn auch dich nicht lieben, wo ich dich darum liebe?
Ist dies die Ankertrosse, wie kann ich sie durchhauen?
Wie, wenn selbst meine Knochen nach deinen Knochen dürsten?
Durst nach dir, Durst nach dir, grausame, süße Fessel.
Durst nach dir der im Dunkel mich anfällt wie ein Köter.
Die Augen haben Durst. Wozu sind deine Augen?

Der Mund, er leidet Durst. Wozu sind deine Küsse?
Das Herz, es steht in Flammen durch diese Glut, dich liebend.
Der Leib ein Feuertoben, das deinen Leib umlodert.
Vor Durst, Durst, unermeßlich. Durst, der nach deinem Durst sucht.
Um in ihm zu vergehen wie das Wasser im Feuer.

Es cierto, amada mía…

Es cierto amada mía, hermana mía, es cierto!
Como las bestias grises que en los potreros pastan,
y en los potreros se aman, como las bestias grises!

Como las castas ebrias que poblaron la tierra
matándose y amándose, como las castas ebrias!

Como el latido de las corolas abiertas
dividiendo la joya futura de la siembra,
como el latido de las corolas abiertas!

Empujados por los designios de la tierra
como una ola en el mar hacia ti va mi cuerpo.

Y tú, en tu carne, encierras
las pupilas sedientas con que miraré cuando
estos ojos que tengo se me llenen de tierra.

So ist es, meine Liebste…

So ist es, meine Liebste, meine Schwester, so ist es!
Wie jene dumpfen Tiere dort in den Pferchen weiden
und in Pferchen sich lieben, wie jene dumpfen Tiere!

Wie jene trunknen Horden einst die Erde besiedelt,
sich tötend und sich liebend, wie jene trunknen Horden!

Wie der pochende Puls offener Blütenkronen,
die das künftige Kleinod für die Aussaat verteilen,
wie der pochende Puls offener Blütenkronen!

In Wut vorangetrieben von dem Wollen der Erde
wie im Meer eine Welle, drängt zu dir hin mein Körper.

Und du, in deinem Fleische,
birgst die dürstenden Augen, mit denen ich dann schaue,
wenn die eignen Pupillen sich mir mit Erde füllen.

INHALT

Los versos del capitán
Die Verse des Kapitäns
1952

Erklärung 9
Vorwort 10

El amor
Die Liebe
En ti la tierra 12
In dir die Erde 13
La reina 14
Die Königin 15
El alfarcro 14
Der Töpfer 15
8 de septiembre 16
8. September 17
Tus pies 18
Deine Füße 19
Tus manos 20
Deine Hände 21
Tu risa 22
Dein Lachen 23
El inconstante 26
Der Unbeständige 27
La noche en la ísla 28
Die Nacht auf der Insel 29
El viento en la ísla 30
Der Wind auf der Insel 31
La infinita 32
Die Unermeßliche 33
Bella 34
Schöne 35
La rama robada 38
Der gestohlene Zweig 39

El hijo . . . 40
Der Sohn . . . 41
La tierra . . . 42
Die Erde . . . 43
Ausencia . . . 46
Abwesenheit . . . 47

El deseo
Die Begierde
El tigre . . . 48
Der Tiger . . . 49
El cóndor . . . 50
Der Kondor . . . 51
El insecto . . . 50
Das Insekt . . . 51

Las furias
Die Furien
El amor . . . 54
Die Liebe . . . 55
Siempre . . . 56
Immer . . . 57
El desvío . . . 56
Die Verfehlung . . . 57
La pregunta . . . 58
Die Frage . . . 59
La pródiga . . . 60
Die Vergeuderin . . . 61
El daño . . . 64
Die Verletzung . . . 65
El pozo . . . 66
Der Brunnen . . . 67
El sueño . . . 68
Der Traum . . . 69
Si tú me olvidas . . . 70
Wenn du mich vergißt . . . 71
El olvido . . . 74
Das Vergessen . . . 75
Las muchachas . . . 76
Die Mädchen . . . 77

Tú venías ... 78
Du kamst ... 79

Las vidas
Alles Leben
El monte y el río ... 82
Der Berg und der Fluß ... 83
La pobreza ... 84
Die Armut ... 85
Las vidas ... 86
Alles Leben ... 87
La bandera ... 88
Die Fahne ... 89
El amor del soldado ... 90
Die Liebe des Soldaten ... 91
No sólo el fuego ... 92
Nicht nur das Feuer ... 93
La muerta ... 94
Die Tote ... 95
Pequeña América ... 98
Kleines Amerika ... 99

Oda y germinaciones I–VI ... 102
Ode und frisches Keimen I–VI ... 103
Epitalamio ... 118
Hochzeitsgedicht ... 119
La carta en el camino ... 130
Der Brief von unterwegs ... 131

20 Poemas de amor
y una canción desesperada
20 Liebesgedichte
und ein Lied der Verzweiflung
1924

Los veinte poemas I–XX ... 142
Die zwanzig Gedichte I–XX ... 143
La canción desesperada ... 178
Das Lied der Verzweiflung ... 179

El hondero entusiasta
Der rasende Schleuderer
1933

Vorbemerkung 187
Hago girar mis brazos 188
Wirbelnd reg ich die Arme 189
Es como una marea 194
Es ist wie eine Dünung 195
Eres toda de espumas 196
Du bist aus lauter Gischt 197
Siento tu ternura 200
Ich fühle deine Sanftheit 201
Amiga, no te mueras 202
Freundin, du darfst nicht sterben 203
Déjame sueltas las manos 206
Laß ledig meine Hände 207
Alma mía! Alma mía! 208
Mein Herz, du! Mein Herz! 209
Llénate de mí 210
Füll dich mit mir 211
Canción del macho y de la hembra! 214
Lied von Mann und Weib! 215
Esclava mía, témeme, ámame, ... 216
Du, meine Sklavin, fürchte, liebe mich, ... 217
Sed de ti que me acosa 218
Durst nach dir, der mich stachelt 219
Es cierto, amada mía 220
So ist es, meine Liebste 221

Gioconda Belli im dtv

»Die große Poetin Nicaraguas, eine der wichtigsten Stimmen in der Literatur Lateinamerikas.«
Abendzeitung

Bewohnte Frau
Roman · dtv 11345

Die junge attraktive Architektin Lavinia steht am Beginn ihrer Karriere. Sie führt in der Hauptstadt ihrer lateinamerikanischen Heimat das unbeschwerte Leben einer unabhängigen Frau aus der Oberschicht. Dann aber verliebt sie sich in Felipe, der mit der Untergrundbewegung des Landes zusammenarbeitet. Während sie anfangs nur zögerlich Beihilfe leistet, findet sie bald zu einer eigenständigen Rolle im Kampf gegen Terror und Unterdrückung.

In der Farbe des Morgens
Gedichte · dtv 11565

Alle Prophetien erzählen,
daß der Mensch seinen eigenen Untergang erfinden wird.
Doch die Jahrhunderte und das sich stets erneuernde Leben
haben auch das Geschlecht der Liebenden und Träumer
gezeugt:
Männer und Frauen, die nicht von der Zerstörung der Welt
träumten,
sondern vom Aufbau einer Welt der Schmetterlinge und
Nachtigallen...

Gedichte – kämpferische, erotisch, poetische – von Gioconda Belli, der großen Schriftstellerin Nicaraguas.

Tochter des Vulkans
Roman · dtv 11678

Der reiche Kaffeepflanzer Ramón nimmt das Zigeunermädchen Sofia an Kindes Statt an. Sofia heiratet früh, doch ihre Ehe mit dem machistischen René ist ein Desaster. Doch sie weiß sich zu wehren. Ihr Wunschkind wird sie eines Tages bekommen, aber bestimmt nicht von diesem Mann...

Gabriel García Márquez im dtv

»Gabriel García Márquez zu lesen, bedeutet Liebe auf den ersten Satz.«
Carlos Widmann in der ›Süddeutschen Zeitung‹

Laubsturm
Roman
dtv 1432

Der Oberst hat niemand, der ihm schreibt
Roman
dtv 1601

Augen eines blauen Hundes
Erzählungen
dtv 10154

Hundert Jahre Einsamkeit
Roman
dtv 10249
Die Geschichte vom Aufstieg und Niedergang der Familie Buendía und des Dorfes Macondo.

Die Geiselnahme
dtv 10295

Chronik eines angekündigten Todes
Roman
dtv 10564
Ein ganzes Dorf weiß von dem Mordplan. Schreitet niemand ein?

Das Leichenbegängnis der Großen Mama
Erzählungen
dtv 10880

Die unglaubliche und traurige Geschichte von der einfältigen Eréndira und ihrer herzlosen Großmutter
Erzählungen
dtv 10881

Das Abenteuer des Miguel Littín
Illegal in Chile
dtv 12110

Die Erzählungen
dtv 12166

Von der Liebe und anderen Dämonen
Roman
dtv 12272 und
dtv großdruck 25133
An ihrem zwölften Geburtstag wird Sierva María von einem tollwütigen Hund gebissen. Ärzte werden gerufen, doch niemand wird der Dämonen Herr, die Besitz von ihr ergriffen haben.

John Steinbeck im dtv

»John Steinbeck ist der glänzendste Vertreter der leuchtenden Epoche amerikanischer Literatur zwischen zwei Weltkriegen.«
Ilja Ehrenburg

Früchte des Zorns
Roman
dtv 10474
Verarmte Landarbeiter finden in Oklahoma kein Auskommen mehr. Da hören sie vom gelobten Land Kalifornien... Mit diesem Buch hat Steinbeck seinen Ruhm begründet.

Der rote Pony und andere Erzählungen
dtv 10613

Die Straße der Ölsardinen
Roman · dtv 10625
Gelegenheitsarbeiter, Taugenichtse, Dirnen und Sonderlinge bevölkern die Cannery Row im kalifornischen Fischerstädtchen Monterey.

Die Perle
Roman
dtv 10690

Tortilla Flat
Roman · dtv 10764

Wonniger Donnerstag
Roman · dtv 10776

Eine Handvoll Gold
Roman · dtv 10786

Von Mäusen und Menschen
Roman
dtv 10797

Jenseits von Eden
Roman
dtv 10810
Eine große amerikanische Familiensaga – verfilmt mit James Dean.

Meine Reise mit Charley
Auf der Suche nach Amerika
dtv 10879

König Artus und die Heldentaten der Ritter seiner Tafelrunde
dtv 11490

An den Pforten der Hölle
Kriegstagebuch 1943
dtv 11712

Isaac B. Singer im dtv

»Ohne Leidenschaft gibt es keine Literatur.«
Isaac B. Singer

Feinde, die Geschichte einer Liebe
Roman · dtv 1216

Das Landgut
Roman · dtv 1642
Kalman Jacobi, ein frommer Jude, pachtet 1863 ein Landgut in Polen und gerät mit seiner Familie in den Sog der neuen Zeit.

Das Erbe
Roman · dtv 10132
Kalman Jacobis Familie im Wirbel der politischen und sozialen Veränderungen der Jahrhundertwende.

Eine Kindheit in Warschau
dtv 10187

Verloren in Amerika
dtv 10395

Die Familie Moschkat
Roman · dtv 10650
Eine Familiensaga aus der Welt des osteuropäischen Judentums.

Old Love
Geschichten von der Liebe
dtv 10851

Der Kabbalist vom East Broadway
dtv 11549
Geschichten, die Singer in seiner geliebten Cafeteria am East Broadway erzählt bekam.

Der Tod des Methusalem
und andere Geschichten vom Glück und Unglück der Menschen
dtv 12312

Schoscha
Roman · dtv 12422
Eine Liebesgeschichte aus dem Warschau der dreißiger Jahre.

Meschugge
Roman · dtv 12522

Der König der Felder
Roman · dtv 24102
Mythenartig und humorvoll erzählt Singer von der Entstehung des polnischen Volkes.

Ein Tag des Glücks
und andere Geschichten von der Liebe
dtv großdruck 25142

Antonio Tabucchi im dtv

»Tabucchi läßt Reales und Imaginäres ineinanderfließen und webt ein Gespinst von ›suspense‹, in dem man sich beim Lesen gerne verfängt.«

Barbara von Becker in ›Die Zeit‹

Der kleine Gatsby
Erzählungen
dtv 11051
Ein labyrinthischer Garten voll faszinierender Menschheitsrätsel. So zum Beispiel die Portugiesin Maria, die hinter dem Rücken ihres Mannes Familien exilierter Literaten hilft; ein von Selbstzweifeln geplagter Schriftsteller, der zum Ergötzen mancher Abendgesellschaft auswendig Fitzgeralds Romananfänge deklamiert; oder Ettore, der als Nachtclubsängerin Josephine rauschende Erfolge feiert.

Indisches Nachtstück
dtv 11952
Auf der Suche nach einem Mann, der auf geheimnisvolle Weise in Indien verschollen ist. Forscht der Autor nach seinem eigenen Ich oder nach einer wirklichen Person? Oder ist der Sinn des Suchens das Unterwegssein, die Reise?

Der Rand des Horizonts
Roman
dtv 12302
In der Leichenhalle wird ein junger Mann eingeliefert, der bei einer Hausdurchsuchung erschossen wurde. Spino macht sich auf die Suche nach der Identität des Fremden ...

Erklärt Pereira
Eine Zeugenaussage
dtv 12424
Portugal unter Salazar. Pereira, ein in die Jahre gekommener, politisch uninteressierter Lokalreporter, hatte mit seinem Leben fast schon abgeschlossen. Doch dann gerät er unversehens auf die Seite des Widerstandes ...

Kleine Mißverständnisse ohne Bedeutung
Erzählungen
dtv 12502
Von der Lust, Irrtümer, Unsicherheiten und unsinnige Sehnsüchte aufzuspüren und zu benennen.

Michael Ondaatje im dtv

»Das kann Ondaatje wie nur wenige andere:
den Dingen ihre Melodie entlocken.«
Michael Althen in der
›Süddeutschen Zeitung‹

In der Haut eines Löwen
Roman · dtv 11742
Kanada in den zwanziger und dreißiger Jahren. Ein Land im Aufbruch, wo mutige Männer und Frauen gefragt sind, die zupacken können und ihre Seele in die Haut eines Löwen gehüllt haben. »Ebenso spannend wie kompliziert, wunderbar leicht und höchst erotisch.« (Wolfgang Höbel in der ›Süddeutschen Zeitung‹)

Es liegt in der Familie
dtv 11943
Die Roaring Twenties auf Ceylon. Erinnerungen an das exzentrische Leben, dem sich die Mitglieder der Großfamilie Ondaatje hingaben, eine trinkfreudige, lebenslustige Gesellschaft...

Der englische Patient
Roman · dtv 12131
1945, in den letzten Tagen des Krieges. Vier Menschen finden in einer toskanischen Villa Zuflucht. Im Zentrum steht der geheimnisvolle »englische Patient«, ein Flieger, der in Nordafrika abgeschossen wurde... »Ein exotischer, unerhört inspirierter Roman der Leidenschaft. Ich kenne kein Buch von ähnlicher Eleganz.« (Richard Ford)

Buddy Boldens Blues
Roman · dtv 12333
Er war der beste, lauteste und meistgeliebte Jazzmusiker seiner Zeit: der Kornettist Buddy Bolden, der Mann, von dem es heißt, er habe den Jazz erfunden.

Aleksandar Tišma im dtv

»Radikal und intelligent und künstlerisch groß.«
Ursula März, Frankfurter Rundschau

Der Gebrauch des Menschen
Roman · dtv 11958

Bis zum Zweiten Weltkrieg kommen die Menschen in Novi Sad relativ friedlich miteinander aus, Serben, Ungarn, die deutschsprachigen »Schwaben« und Juden. Erst durch die »neue Zeit« wird die aufstrebende Provinzstadt aus ihren Träumen gerissen, durch Krieg, Terror und Unmenschlichkeit. Am Ende gibt es keine Sieger, sondern nur Erniedrigte und Beleidigte.

Die Schule der Gottlosigkeit
Erzählungen · dtv 12138

In Extremsituationen zeigt sich die Natur des Menschen unverhüllt; deshalb sind die Geschichten aus dem Krieg so aufschlußreich für das menschliche Verhalten. In den vier vorliegenden Geschichten geht es nicht nur um den Krieg, auch wenn er überall zwischen den Zeilen durchscheint. Es geht um Menschen am Rande des Abgrunds.

Das Buch Blam
Roman · dtv 12340

Dieses Psychogramm eines Überlebenden spielt in Novi Sad nach dem Zweiten Weltkrieg. Blam durchwandert die bekannten Wege und Straßen seiner Heimatstadt als aufmerksamer, melancholischer Betrachter und kehrt in Gedanken zurück in eine untergegangene Welt, zu den Menschen aus der ehemaligen Judengasse, zu seinen Eltern, seiner Schwester, seinen Verwandten. Dann kam die Nazi-Okkupation in der Vojvodina 1941 bis 1944. Es entsteht das Bild einer geschichtlichen Epoche, deren Spuren nicht tilgbar sind.

Julien Green im dtv

»Julien Green ist Weltliteratur. Seine Bücher … gehören zu den bedeutendsten Werken des 20. Jahrhunderts.«
Iris Radisch in ›Die Zeit‹

Junge Jahre
Autobiographie
dtv 10940

Paris
dtv 10997
Mit den Augen des Dichters: kein Reiseführer.

Jugend
Autobiographie
1919–1930
dtv 11068

Von fernen Ländern
Roman
dtv 11198
Eine Familiensaga aus dem amerikanischen Süden – reich an Schicksalen und Ereignissen.

Meine Städte
Ein Reisetagebuch
1920–1984
dtv 11209

Der andere Schlaf
Roman
dtv 11217

Träume und Schwindelgefühle
Erzählungen
dtv 11563

Die Sterne des Südens
Roman · dtv 11723
Liebesroman und Kriegsepos im Sezessionskrieg der amerikanischen Südstaaten.

Treibgut
Roman · dtv 11799

Moira
Roman · dtv 11884
Moira soll den frommen Provinzler Joseph Day verführen. Ein frivoles und gefährliches Spiel …

Jeder Mensch in seiner Nacht
Roman · dtv 12045

Der Geisterseher
Roman · dtv 12137

Leviathan
Roman · dtv 12384
Guéret, Hauslehrer in der Provinz, entflammt in Leidenschaft zu der hübschen Angèle.

Englische Suite
Literarische Porträts
dtv 19016

Italo Calvino im dtv

»Calvino ist als Philosoph unter die Erzähler gegangen, nur erzählt er nicht philosophisch, er philosophiert erzählerisch, fast unmerklich.«
W. Martin Lüdke

Das Schloß, darin sich Schicksale kreuzen
Erzählung
dtv 10284

Die unsichtbaren Städte
Roman
dtv 10413

Wenn ein Reisender in einer Winternacht
Roman
dtv 10516 und
dtv großdruck 25031

Der Baron auf den Bäumen
Roman · dtv 10578

Der geteilte Visconte
Roman · dtv 10664

Der Ritter, den es nicht gab
Roman · dtv 10742

Herr Palomar
dtv 10877

Abenteuer eines Reisenden
Erzählungen
dtv 10961

Zuletzt kommt der Rabe
Erzählungen
dtv 11143

Unter der Jaguar-Sonne
Erzählungen
dtv 11325

Das Gedächtnis der Welten
Cosmicomics
dtv 11475

Auf den Spuren der Galaxien
Cosmicomics
dtv 11574

Wo Spinnen ihre Nester bauen
Roman
dtv 11896

Die Mülltonne und andere Geschichten
dtv 12344

Die Braut, die von Luft lebte
und andere italienische Märchen
dtv 12505

Umberto Eco im dtv

»Daß Umberto Eco ein Phänomen ersten Ranges ist, braucht man nicht mehr eigens zu betonen.«
Willi Winkler

Der Name der Rose
Roman
dtv 10551
Daß er in den Mauern der prächtigen Benediktinerabtei das Echo eines verschollenen Lachens hören würde, damit hat der Franziskanermönch William von Baskerville nicht gerechnet. Zusammen mit Adson von Melk, seinem jugendlichen Adlatus, ist er in einer höchst delikaten Mission unterwegs ...

Nachschrift zum ›Namen der Rose‹
dtv 10552

Über Gott und die Welt
Essays und Glossen
dtv 10825

Über Spiegel und andere Phänomene
dtv 11319

Das Foucaultsche Pendel
Roman · dtv 11581
Drei Verlagslektoren stoßen auf ein geheimnisvolles Tempelritter-Dokument aus dem 14. Jahrhundert. Die Spötter stürzen sich in das gigantische Labyrinth der Geheimlehren und entwerfen selbst einen Weltverschwörungsplan. Doch da ist jemand, der sie ernst nimmt ...

Platon im Striptease-Lokal
Parodien und Travestien
dtv 11759

Wie man mit einem Lachs verreist und andere nützliche Ratschläge
dtv 12039

Im Wald der Fiktionen
Sechs Streifzüge durch die Literatur
dtv 12287

Die Insel des vorigen Tages
Roman · dtv 12335
Ein spannender historischer Roman, der das Zeitalter der großen Entdeckungsreisen in seiner ganzen Fülle erfaßt.

Gesammelte Streichholzbriefe
dtv großdruck 25139

Ilija Trojanow im dtv

»Urplötzlich wechselt er ins Phantastische oder Groteske. Er verwebt Orientalisches mit Westlich-Technischem, tobt sich im Detail aus, um dann zum kühnen Zeitensprung anzusetzen. Kurz: Er überrascht, wo er nur kann.«
Der Spiegel

In Afrika
Mythos und Alltag Ostafrikas

dtv 12284

»Afrika ist vielleicht der Teil der Welt, in dem es noch am meisten zu entdecken gibt.« Ein wunderschöner Bericht über Ostafrika, die Landschaft und Städte, aber in erster Linie über die Menschen dort. Ein Bericht, der sich durch gründliche Kenntnis und ein tiefgehendes Verständnis, vor allem aber durch ungebremste Begeisterung für den »dunklen Kontinent« und seine Möglichkeiten auszeichnet.

Autopol

in Zusammenarbeit mit Rudolf Spindler
dtv 24114

Sten Rasin mag das schöne neue Europa des 21. Jahrhunderts nicht. Doch bei der jüngsten Aktion seiner Widerstandsgruppe wird er geschnappt. Einmal zu oft. Er wird »ausgeschafft«, dorthin, von wo es kein Zurück gibt – nach Autopol, zu den anderen, die man draußen nicht will, vor denen man Angst hat. Aber Rasin ist kein gewöhnlicher Krimineller. Er ist Idealist, ein Kämpfer, und er will zurück in die Freiheit. Schnell schafft er sich auch in Autopol Verbündete… ›Autopol‹ entstand als *novel in progress* im Internet, zusammen mit der ›aspekte‹-Online-Redaktion. Aus dem literarischen Experiment ist eine spannende Science-fiction-Story geworden, ein Buch mit neuen Dimensionen.